崔 浩 著

开满玫瑰的天空

女生情感哲理枕边书

湖南文艺出版社

目录

第一章
● 亲情是棵长青藤
006 → 051

第二章
● 友情及成材
052 → 123

第三章
● 爱情是朵向阳花
124 → 190

一朵玫瑰
在青春的掌心慢慢开放

　　一个人的一生有多漫长？说长则长说短也短，漫漫一生或者短短数十年光阴，而青春时期是一生之中的阳光最灿烂的日子。你想让自己的青春充满阳光与快乐，还是只想拥有短暂的刺激和不堪回首的追忆？一个女生，该如何让自己的青春期更加快乐并且充满意义呢？因为女生有着与男生截然不同的心思和更多的忧愁与烦恼，还有众多不为人所知的小秘密。

　　女生心思缜密，多思有时也多疑，心情时好时坏，脸色有阴有晴。有时会为一朵花的枯萎而落泪，有时又因为一只蚂蚁而开怀大笑。女生有着太多让人琢磨不透的心事与想法，关于明天关于学习，关于亲情和友情，甚至关于爱情与人生。我们希望有这样一本伴您成长的哲理书，与女生一起度过青春期，一起哭一起笑，一起探询男生的秘密，一起讨论老师和家长的态度，一起设想未来的生活与成功。

　　我们希望女生能够坐下来用心去体味一下书中的一个个小故事，哲理的也好，情感的也好，只要感动只要有所启发，只要能在心中荡起波澜，我们的目的和全部所寄托的意义就有了共鸣与收获。女生，请不要走开，看看书中的所思所想，想想自己身边的人和事，让视野更加宽广，让思路更加延伸，让情感更加有理性，让未来更加明晰。

有时在落雨的日子里情感丰富的女生需要坐下来，喝一杯茶，放一段舒缓的音乐，拿起放在枕边的哲理书，轻轻地翻看。落英缤纷，思绪纷飞。青春是一杯浓得化不开的茶，是一首轻柔得让人沉醉的音乐。让一本这样的哲理小书，给你感动和激励，给你方向与智慧，让你在青春的迷茫中寻找到一点烛光，让书的哲理故事给你激励的力量，让书的温情故事给你亲情的关爱，让书的情感故事给你爱情的明智，一切都是那么的真实与亲切，犹如耳边的私语，犹如枕边的呢喃。

　　我们希望每一个女生在亲情上获得温暖与关怀，在友情上得到帮助与成功，在爱情上拥有理智与美好。青春是一部大书，如果我们的小书能够在你的梦中留下芬芳，在你的亲情中留下感动，在友情中留下成功在爱情中留下启迪，我们会高兴地看到你的笑容在青春中飞扬，你的明天在青春中闪光，你的歌声在青春中嘹亮。

　　我们期待，打开这本书，就像欣赏一朵玫瑰在青春的掌心慢慢开放。

第一章

亲情是棵长青藤

许多时候亲情在我们身边围绕，就如空气就如水，真实而且必需，但因为常在并且司空见惯，我们往往忽略身边宝贵的亲情，比如父亲的泪比如母爱的下跪。正是因为生活本身的真实与震撼，我们才明白原来更多时候我们所以幸福所以感动都是因为浓得化不开的亲情温暖地环绕着我们。

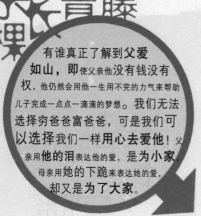

亲情是一棵青藤

有谁真正了解到父爱如山，即使父亲他没有钱没有权，他仍然会用他一生用不完的力气来帮助儿子完成一点点一滴滴的梦想。我们无法选择穷爸爸富爸爸，可是我们可以选择我们一样用心去爱他！父亲用他的泪表达他的爱，是为小家，母亲用她的下跪来表达她的爱，却又是为了大家。

父亲是一位退休的教师，退休后在一家单位当门卫。一男一女两个孩子一个一个放飞到省城，大学毕业后都留了下来。

母亲是家庭妇女，与父亲分居已有二十余年。原因只有一个：埋怨父亲只会做学问，不会挣钱，害她一生清苦。

儿子要在省城结婚。父亲爱子心切，从千里之外的小镇赶来。他带上了仅有的一千元。在儿子租住的狭小的房间里，父亲与母亲不期而遇。母亲不答话，转身走了。

父亲留了下来，一心一意为儿子干些力所能及的活计。他用石棉瓦替儿子在阳台上搭了一个简易厨房，替儿子扛煤气罐、搬砖。父亲不停地干活，他想用体力来弥补自己在金钱上给予儿子的不足。

儿子大学刚毕业，在一家报社工作，还没有过试用期，工资很少，不敢请假。女儿早已出嫁。父亲是儿子惟一的依靠。

一切准备就绪，就只缺少请客的钱。父子二人一筹莫展。商议一番，无计可施。

因为屋子太小，父亲只好去女儿家借住。父亲什么也没说，独自走了。两公里的路程，他步行了半个小时。女儿却不在家，他只好蹲在门口等。不料一等就是一夜。

第二天，父亲再步行回到儿子处，却发现了女儿。由于忙，谁也没有提及此事。所有的人都在为几千元钱发愁。父亲独自蹲在院中，一言不发。

正当他们近乎绝望之际，儿子的朋友送来几千元钱。那一刻，父亲一把接过钱，只说了一句："儿子，这钱我来还！"便昏了过去。一夜的风寒与满心的焦虑，年迈的父亲终于体力不支。

父亲醒来后，第一句话就对儿子的朋友说："太感谢了！"然后挣扎起来，不顾众人的劝阻，跑到屋外。所有的人都清楚地看见，父亲的泪正一滴一滴往下落，流过他满布皱纹的脸，落在他灰色的中山装上。

父亲不曾拥有百万财富，但他的爱子心切和善良是永远无法用尽的宝藏。谁能忽视这生活中如此真实与动人的人间真情呢？我常为此和朋友一起泪流满面。

因为儿子的朋友就是我。**当父亲用他几十年的沧桑老泪纵横时，我的心瞬间被一种震撼击碎了，第一次感到父亲两个字厚重如山**！

亲情是青藤绕大树

母爱也有**如此痛心的下跪**，母爱在下跪中被放大升华。因为母爱明知天理与公私，母爱告诉我们什么可以什么不可以。母爱同时也泪如泉涌：**纵然是自私之爱，也不应该被蒙蔽心尘**。我们也会知道，对于母亲，对于她对我们的爱，我们**必须给予回报**，尽管有许多时候事实并不是像我们想象的一样，而我们的所作所为真的会无法追回。

他是一个杀人犯。因为思念家中的妻女，他从逃亡的外地回家。辗转几千里的路程，他晓行夜宿，一路风波一路担心赶到家中。当远远地望到家中温暖的灯光时，所有的疲惫与担惊受怕在那一瞬间烟消云散了。

与家人团聚在一起，喜极而泣。母亲忙前忙后为他烧水、做饭，却暗地让邻居去报了警。儿子是他的心头肉，但杀人偿命是天理，她只希望自己尽心尽力做一顿好饭给他吃。

天亮时，他准备逃走，却发觉前前后后已被警察包围，母亲说："儿啊，你别怪娘狠心，还是向政府自首吧！"他急了，一把推开母亲，抓起一把菜刀翻墙跃入邻家，他抓住了邻居家 5 岁的儿子当人质，叫嚣着让警方给他提供汽车让他逃跑。

形势危急！警方以后退来缓和矛盾，但他却步步紧逼，大声说："反正我已杀了一个人，再杀一个人也是死！"

无奈之中，警方决定答应他的要求。一面说已派人取车拖延时间，一面劝他的妻子和母亲前去说服他。

先是妻子，妻子声泪俱下，晓之以理动之以情。他不为所动，让她走开，不要浪费时间。

　　形势越来越紧张，他的刀紧紧贴在孩子的脖子上，隐隐已见血印。母亲走了过来，一步一步逼近他，他大叫："娘，你别逼我，我会杀了他，真会杀了他！"

　　在距他一米远的地方，母亲停住了，她"扑通"一声跪在了他的面前："儿啊，娘生你养你二十多年，还指望你养老送终呢。可是你杀了人，杀人偿命是公理，你逃也逃不掉。人都是爹娘养的，你杀了人人家的爹娘也会难受的。娘给了你生命，娘这一跪就是要向你要回你的命。这一跪，算是娘对不住你了！"

　　四下无声。他终于嚎啕大哭："娘啊，你这又是何苦呢！"菜刀被扔得远远的，他放下孩子，说："找你的爹娘去吧！"然后束手被擒。

　　所有目睹这一幕的人都一言不发，心情沉重。有什么能比这更令人痛心呢？一个母亲用一次下跪结束自己生养二十多年的孩子的生命，这是怎样的一跪呀！**这一跪，是惊天动地的一跪；这一跪，是石破天惊的一跪；这一跪，是一位母亲凝聚了一生的母爱的下跪；这一跪，也是让所有的人为之震惊为之落泪的一跪。**

亲情是青藤女子棵

是呀，有多少次梦回之中当你清晰地记起母亲灿烂的笑脸，清晰地回忆起母亲的责骂，清晰地感受到母亲的气息，你才会明白原来母亲爱自己是如此之深，而自己爱自己远胜于爱母亲。世界莫非真的是如此不公平，母亲的付出永远得不到回报？我们也许无法做到如母亲一样无私与伟大，但是我们所做的仍然有许多可以为母亲带来幸福与骄傲，带来梦想与光荣。

3

　　父亲死后，她与母亲和奶奶相依为命。母亲尽心尽力维持这个家，日夜操劳，从无半句怨言。她年龄尚小，浑不知人间的悲欢与艰辛，除了思念父亲的伤悲，对于母亲，一颗牵念的心只有对未来生活的担忧。

　　光阴似箭。母亲的辛勤使她获得了幸福的童年，并顺利上完小学与初中，升入了高中。她学习成绩优秀，也很懂事与听话，是母亲心中的好孩子，是老师眼中的好学生。但慢慢地，她发现母亲不再像以前一样精力充沛，可以面带笑容地做完许多事情。有时候，母亲会愁眉不展地坐在一旁发呆，或者会深深地叹一口气，然后独自摇摇头。

　　她关心地问起母亲，母亲会慈祥地摸摸她的头，笑着说没什么。她不放心，想问出些什么。但一切的努力均无济于事，母亲什么也不说，只是让她好好学习，一切不用担心。

　　她爱母亲，不想让母亲孤独地承担忧愁，就细心地观察起母亲的一举一动。渐渐地，她发现邻居家的杨叔叔常来家中帮忙，帮母亲换煤气罐，修水龙头，擦洗抽油烟机，而往往这时，母亲脸上的愁容会舒展开来，一览无余的笑容中竟闪烁出动人的美丽。她一惊，这才意识到年轻的母亲原来还有光彩照人的容颜。

　　她又开始担心，担心母亲会为她领一个继父回家。她不想要继父，不想让他夺走母亲对她全部的爱，而她同时也固执地认为，母亲有她全部的爱也就足够了，根本不需要另外的关怀。她开始想方设法表示自己对杨叔叔的反感。每当杨叔叔一来，她总是冷着脸，开大电视声音，开门时用力地摔，或者抢先干完家中的活儿。她的想法很简单，用她的举动来表明她的反对。

奶奶也和她结成了统一战线，她们都不想失去母亲这个依靠，都认为母亲若是再嫁他人一定会带走幸福和欢乐。奶奶直接面对面地提出反对母亲与杨叔叔交往，并威胁如果母亲出嫁，就不能带走女儿。她也坚定地站在奶奶身边，声称如有必要就与母亲断绝母女关系。母亲流泪了，她想做通她和奶奶的工作。她不听，却将父亲的遗像挂在了客厅最显眼的地方，并向父亲哭诉母亲要背叛他。

母亲被她的举动吓了一跳，随即伤心欲绝地打了她一个耳光。从此家中再也没有出现过杨叔叔的身影。她暗自庆幸终于取得了胜利。

她日甚一日地美丽起来，而母亲却不可避免地衰老下去。终于当她大学毕业后又谈了恋爱，身陷爱情之中，她在接受情感的折磨与饱尝爱情的痛苦与欢乐时，忽然意识到了自己当年的残酷：母亲，一样的七情六欲，一样的渴望被爱与被呵护，而她又是如何自私与粗暴地剥夺了母亲爱与被爱的权力。身为女儿，她的所作所为竟是如此的蛮横与不近人情。

但当她向母亲承认错误并说明一切时，母亲已心如止水："孩子，这么多年都过来了，还能有什么奢望呢？再说母亲最爱的还是你呀！"她放声大哭。但所有泪水与忏悔已无法挽回母亲一生中耗尽的欢乐时光。**幸福与欢乐的机会一旦失去就永不再来。**就如青春和美丽，能保留住的只是短短的一段岁月。而天下为人儿女者在父母能够言爱的时候一定不要阻止他们的激情与情感，在他们能够享乐的光阴中为他们贮藏欢乐与美好，不要造成最后的无法追回令人痛惜的结局。**最好的孝道无非如此。**

亲情是青藤与树

有时，善意的欺骗虽然**不公平**，却足以维持我们所有的**纯真与善良**。母亲用爱来表达，我们用爱来回报。**环环相扣，世界才生生不息**。因为性别上的原因与差异，母亲是最初与我们接触最多的亲人，或许在感情上要比父亲更加真实与亲切。而母亲为了表达她的爱，往往会选择许多方式，只是为了我们**更好地能够得到她的爱**。

女儿得了病，母亲陪她去医院检查。由于女儿要上学，所以没等结果出来就先走了。母亲等出了结果，她一阵晕眩险些摔倒在地，白纸黑字是无法也不愿面对的事实：癌症。

女儿正值花季，刚刚考上大学，人生的乐章还没有奏完序曲。医生嘱托，一定要让女儿保持愉快的心情，这样有利于治疗。母亲决定隐瞒真相，以免女儿受不住打击而不利于治疗。

女儿放学后没有回家，却直接去了医院。当她从医生处得知自己的病情时，她平静地接受了这一事实。她的坚强和不动声色让医生都感到吃惊。女儿想，不管怎样，一定不能把悲伤传染给母亲。

母亲告诉女儿她得的只是普通的病，治疗一段时间就会痊愈。"虽然有时会大片大片地掉头发，但很快就会过去，不会影响你的漂亮而耽误你谈恋爱。"母亲甚至用这样的玩笑来掩饰自己的紧张。女儿笑了，嗔怪母亲不该说这样让她难为情的话。背过脸去，女儿和母亲都泪流满面。

为了母亲，女儿装作不知病情，轻装上阵接受治疗；为了女儿，母亲隐瞒病情，竭尽全力让女儿快活与放松。爱就一个字，母女二人谁也不用说出，只用微笑与真诚、欺骗与假装感受彼此无言的爱。

由于化疗，女儿的头发大面积脱落，并且伴有大口大口的呕吐。女儿为了不让母亲看到自己的呕吐，用一个塑料袋装好一切，乘人不备时丢掉。每当母亲问起她的感觉时，女儿总将微笑挂在脸上，说："不用多久，我就还你一个活蹦乱跳的女儿。"母亲心痛之中隐藏着欣慰，她认为女儿的病情得到了控制。

几个月后，奇迹出现了，医生宣布女儿的病情已彻底治愈。母女喜极而泣，抱头痛哭。对女儿而言，又一次赢得生命就等于又一次为母亲带来了欣慰和关怀；对母亲而言，谎言成真预示着女儿的幸运和幸福成真。

然而母女两人谁也没有说破，是因为怕惊醒已经沉睡的噩梦。**在爱的欺骗中，任何谎言都是美丽而闪耀光辉的。**更主要的是，**爱就一个字，一生只需要说一次，而写完它却需要整整一生的光阴。**➤➤➤

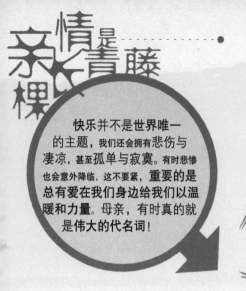

亲情是青藤亦是树

快乐并不是世界唯一的主题，我们还会拥有悲伤与凄凉，甚至孤单与寂寞。有时悲惨也会意外降临，这不要紧，重要的是总有爱在我们身边给我们以温暖和力量。母亲，有时真的就是伟大的代名词！

5

　　她的儿子尚未出世就失去了父亲。为了让儿子能够健康并且快乐地长大，能够像其他的孩子一样生活在一个健全的家庭，她决定找一个爱孩子胜过爱自己的人当他的父亲。

　　在她就要找到那个人之时，她意外地发现自己患上了不治之症，最多活不过五年。五年的幸福与一生的痛苦孰轻孰重？她最终放弃了寻找。寻找是为了孩子，放弃寻找是为了别人，自始至终她没有考虑过自己。

　　孩子出世后，儿子就是她全部的幸福和生命。假如当初生下儿子是为了纪念他的话，那么儿子出生后天性的母爱让她感受到了为人母的巨大幸福和知足。同时她又不无忧虑地想：假如有一天儿子问起他的父亲在哪儿，她该怎样回答他？

　　儿子日甚一日地长大了。儿子愈长大，她内心愈焦虑，迟早有一天儿子会问这个问题的。怎么办？她写信向远方的初恋男友求救，求他帮忙答应做儿子的影子爸爸。他只以父亲的身份与儿子通信而永远不与他见面。这是一个女人无奈的心痛，这是一个母亲母性光辉的闪动。他答应了，无论从哪一方面来讲，他都没有任何理由拒绝。

她清晰地记得那一天回家后，儿子仰着脸问她："妈妈，别人都有爸爸，为什么我没有？"她佯装着微笑："你有爸爸，不过是他的工作比较特殊，无法与你见面。不过他会一直给你写信的。"儿子高兴地释然了，而她却背过脸去，泪流满面。痛心的不是自己的不治之症，而是自己没有更多的时间给儿子一份完整而长久的爱。

儿子与影子爸爸书来信往。每当有人指责他没有爸爸时，他会拿出信，自豪地告诉每一个同学他有爸爸，尽管远在天边，远在他不知在何方的城市，而且从未谋面，但他小小的心灵固执地认定了他有爸爸。是的，他有一份父爱，完整的没有缺陷的爱。

在比医生预定时间多出五年之后，她的生命走到了尽头。弥留之际，她告诉儿子："你有爸爸，不过他已组成了另外的家庭，所以你不能去找他。但他已经给予了你足够长成男子汉的父爱，所以你也不要恨他。"她是想让这一个谎言不因她的离去而被揭穿。

恨爸爸？儿子的心中从未产生过这种念头，因为在他的眼里和心中，父亲是世间最好的父亲，每一封信都饱含着深情，关怀他每一步的成长和每一个细小的进步。他牢牢记住了母亲的嘱托，甚至没有把母亲去世的消息告诉父亲。

而远方的他依然充当着父亲的角色，用爱心，用一颗真正的父亲的爱心给心目中的儿子写信。儿子也像往常一样给心目中的父亲写信，汇报学习和生活上的一切。在这个尘世间，很平凡的你我可以用很简单的方式表达一种永恒之爱，只要你我心中充满爱心和感动，充满一如既往的人间真情。

儿子的不幸是**没有父亲**，儿子的幸运是拥有两种母爱，一种真正的伟大的母爱和另一种以父爱形式表现出来的母爱。正是这种**生生不息的爱**，我们的人间才会充满美好和向往。

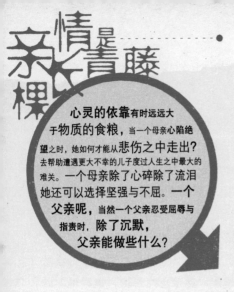

亲情是
情是
一棵
一棵青藤

心灵的依靠有时远远大于物质的食粮，当一个母亲心陷绝望之时，她如何才能从**悲伤之中走出？**去帮助遭遇更大不幸的儿子度过人生之中最大的难关。一个母亲除了心碎除了流泪她还可以选择坚强与不屈。一个**父亲呢，**当然一个父亲忍受屈辱与指责时，**除了沉默，父亲能做些什么？**

　　她的儿子被劫匪绑架。当她和丈夫按照劫匪的要求将十万元钱送到指定地点时，却传来儿子被掐死的消息。她当场晕倒在地，儿子才十岁啊，生命的乐章刚刚奏响就要结束，这该是怎样的一种痛心与无奈。

　　将儿子送到医院时，医生说还有一口气在，但由于大脑缺氧的时间过长，即使救活后他也会忘记以前的一切，智商与新生婴儿无二，生活也不能自理，是一种植物性生存。也就是说他会像一棵树一样活着，有人浇水就能生长，无人照管就会死亡。她摇头拒绝了医生放弃治疗的建议，用一个母亲全部的爱做出了保证：就当我又重新生他一次。

　　谈何容易。十岁的儿子苏醒后没有意识没有思维，只是呆呆地躺在床上，一动不动。可他是她的儿子啊，是她怀胎十月一朝分娩的骨肉！她卖了家产，和丈夫一起背负儿子四处求医问药。这种辛苦远远大于生他时的痛苦，而要让生也艰难战胜死也简单，她生下了他，只要他有一口气在，她就要为他负责一生。

因为有爱，因为心中充盈着取之不尽的伟大母爱。渐渐地，儿子会走路了，儿子会咿呀学语了，儿子会自己吃饭了，一切，不知是用多少汗水与泪水换来的，但一切都让她幸福得热泪长流。儿子的不幸是他不该遭遇的不幸，儿子的万幸是他应得的万幸。母亲不说，儿子他不会明白的，当一个母亲用她毕生的心血去哺育一个小生命时，那种幸福与自豪感是天地间最神圣的情感。而当她呕心沥血用尽毕生的爱和全部的乳汁去修补儿子残缺的生命时，这种用生命来换取生命的行为与爱应该是整个人类最伟大的美德。儿子的生命断裂在十岁，她把儿子的生命从十岁时接起，让这个十岁的大婴儿重新体验生命成长的过程，让他沐浴在母爱的光辉下茁壮地成长。

终于，她有了喜悦和成功。十二岁时儿子上了幼儿园，十六岁儿子上了小学三年级。十六岁的小学生和他的同学一起上学，一起玩耍，他单纯的脸上挂着微笑，有关过去的所有记忆都不复存在，仿佛他生来如此。

她所希望的不过是如此而已，而她所想要得到的回报更是简单。那一次，她想起儿子以前受难的一切和那些日子的风风雨雨，不禁潸然泪下。儿子先是呆呆地看着，忽然走过去说："妈，你别哭了！"一句话让她泪如泉涌，一把抱紧了儿子。也许，这便是一个母亲所需要的一切。

你我皆凡人，活在尘世间。**因为有爱**，因为有一份承诺与关怀永驻心间，忙碌而疲惫的我们才有了心灵的依靠，才有了生命的源泉与动力。**因为有爱**，我们虽然不止一次为爱付出一切但无怨无悔。

亲情是青藤一棵

为什么我们总是无法理解父亲与母亲厚重的爱中有多少无私与伟大呢？为什么我们总是年少轻狂感觉世界就是一二三四这么简单组成？因为我们根本就没有经历过真正的生活，我们太自私并且不明白世界很大生活很广而父母是多么地辛苦与操劳。也许你并不曾有过故事中的种种经历，这并不重要，重要的是在别人的故事中，我们可以更好地认识自己，也能更好地认识一下自己的父母。

他的父亲不幸英年早逝。母亲带着他改嫁到一个贫寒之家。父亲生前的关怀和爱在心中萦绕不去，他痛恨母亲的轻情薄义，也拒绝继父对他表现出来的关爱，从不喊他一声父亲。

他甚至连话也很少同继父说。不仅仅是因为他刻骨地怀念父亲，而且还因为继父本身就是一个残疾人。由此他有些轻视继父，轻视中掺杂着鄙夷与不屑：我的父亲那么优秀，就你，也配我尊称你为父亲吗？他因此对母亲也有了恨意，天下之大，为何偏偏找如此窝囊之人再嫁。小小的年纪一颗心却充满了仇恨与歧视，还有更多的是委屈和不满。

母亲向他解释，百般劝说，他一概置之不理。母亲气得要骂他打他，继父将她拉到一边然后又好言好语哄他开心。他不听，眼泪不争气地流了下来。母亲这么快就变了心，而继父又乘机伪装好人。当着继父和母亲的面，他大哭一场，在哭声中他声嘶力竭地喊：我要父亲，只有父亲对我是真心真意的好。

母亲一愣，然后泪如雨下，想说什么又被继父拉住。继父长叹一声，一言不发地坐在一旁，暗自垂泪。没有人解释这一切是为了什么，各自都有不同的伤心的理由，但只有他不明白，流泪中的爱是相同的也是惟一的。

继父仍然不厌其烦地对他好，一丝不苟，在默默中无微不至。而他心中的阴影依然固执地存在，从小学到初中，从高中到大学，多少个日日夜夜，多少年风风雨雨，继父不知忍受了他的多少白眼与冷嘲热讽，却自始至终没有一句怨言没有一丝的不快。继父为他做可口的饭菜，为他买漂亮的衣服。虽然继父每日总是沉默着，从不表白什么，但他仍能感受到他那强烈而固执的爱一如既往的情深意重。这是怎样的一种难言的人间情怀！

　　在他大学毕业参加工作的前夕，母亲又不幸病逝。他悲痛欲绝，为什么不幸连连降临到他身上？然而当他打开母亲的遗书时，他惊诧万分，母亲明白无误地告诉了他事情真相：当年她与继父真心相爱，在有了他即将结婚的前夕继父突遭巨变，成了残疾人。母亲的家人竭力反对他们结合。万念俱灰的母亲准备一死了之，是父亲拯救了母亲并收留了母亲和他。十几年的岁月，父亲真挚而伟大的爱将他塑造成一个完美的亲生父亲形象。

　　手握一纸信笺，他不敢相信这样的事实，他到底是对是错？而他又对继父——不，亲生父亲做了些什么呀？儿女们永远不懂父母之爱有多么深厚与博大。他跪倒在父亲面前，长跪不起，让泪水流尽委屈并冲刷自己的愧疚和耻辱。

　　父亲回答了他的疑问："为什么不告诉你事情真相？那又有什么不同呢？我只想让你衡量一下，是你的养父爱你至深还是我的爱更加厚重。父亲一直觉得有愧于你，假若这些屈辱与不公平能偿还父亲对你未尽的养育之恩，也就足够了。"

　　不一样的养父和亲生父亲，一样的父爱厚重如山，深邃如海。 如果有那么一天，我们真的明了了**父母之爱的全部意义和重量**，那么我们用**一生的感激**的泪水也**报答不完他们的劳心劳力**，他们的**担心忧虑**，还有他们一生中为**我们耗尽的欢乐时光。** ▸▸▸

亲情是青藤上盛开的一棵樱

我们应该都可以说出母亲的名字，可是却没有多少人能清楚地记起母亲的生日，更不用提许多对母亲而言十分重要的其他日子了。母亲为了孩子有时能够创造奇迹，也能够放弃众多的荣耀与功名，而把当一名母亲作为一生为之奋斗的职业。我们真的能够体谅一个母亲的高尚与无私吗？

　　一位母亲领着三岁的儿子在晚饭后出外散步。儿子拉着母亲的手蹦蹦跳跳地走在右边，母亲的心中充满了喜悦，她爱儿子，盼望着他早日长大成为一名小小的男子汉。

　　忽然，母亲感到一步踏空，身体无处着力，急速地向下坠去。一刹那，不由多想母亲就松开了紧握着儿子的手。一切都那么迅速，迅速得让人没有时间思索和反应，紧接着母亲感觉到身体一凉，扑通一声，她落入了水中。很深很凉的水一下子激醒了母亲，她大惊：因为她不会游泳！她挣扎着露出头来，又快速地沉了下去。她再次挣扎着浮出水面，很快又被水淹没。如此反复几次，母亲才发现自己掉在一个很深的水井中。光滑的井壁无处着力，她抓了几次都又滑了下去。

　　母亲终于绝望了。这是夜晚，又地处偏僻，生还的希望微乎其微，再说自己根本就无力再支撑下去了。她索性放弃了所有的努力，任身体慢慢地滑入水中深处，任冰冷的水漫过胸口，漫上眼睛。透过井口，母亲甚至看见了两颗明亮的星星在夜空中闪烁，夜空多美呀，可惜这一切将不复存在。

　　就在水漫过眼睛的一瞬间，不对，母亲的头脑又清醒过来，那不是星星，那是儿子的眼睛。儿子！仿佛身体中注入了无尽的活力，她猛地用力浮到水面，用手紧紧地抓住井壁，不，是抠住井壁，让眼睛和嘴以及耳朵露出水面，她要看见儿子，听到儿子，并且能和儿子说话。

然后她听到了儿子不知所措的恐慌的哭声："妈妈，你在干什么？你在游泳吗？我也要下去！"她完全清醒了，儿子，你千万不能下来，母亲死了不要紧，可是你还年轻，千万不能下来。她终于喊出声来："儿子，你在上面等着妈妈，妈妈很快就会上去，你千万不要下来！"上去？谈何容易，十几米深的井，光滑如冰一样的井壁，但她是母亲，一个有一个三岁儿子的母亲，所以她现在不能死，她必须阻止儿子要下来的举动。

儿子小小的脑袋伸在井口，眼泪一滴一滴地滴在她脸上。她仰着头，手指渐渐麻木，不能松手，她告诫自己，不能松手！一松手不但自己会丢掉性命，而且最重要的是也许会永远失去儿子。她不停地说话，不停地告诉儿子不要下来，她很快就会上去，让儿子不要害怕。她不知道自己还能坚持多长时间，她只知道她不能失去儿子。她爱她的儿子，希望他能长大并成为一名小小的男子汉。

是一个路人救了她。路人看见了儿子在井边趴着哭，就拉他起来。儿子却拼命挣脱路人的手又扑向井边。就这样她被发现了。救上来后她才发现自己双手沾满了鲜血，近半个小时的坚持，她用指甲嵌在了砖缝中，支撑了她整个身体的重量。

事后，人们惊讶于她不会游泳竟然从深达十几米的水井中得以生还，**是什么创造了这样的一个奇迹？**人们想知道她当时的想法，并且问起她的名字，她平静下来后说："**我只是在想，我是一个母亲，我不能让我的儿子遭遇不幸。而且我也不想让我的儿子过早地失去母爱。没有必要知道我的名字，这就是一个母亲应该对孩子的承诺。**母亲的名字就是母亲，这便是一切问题的最终答案。**

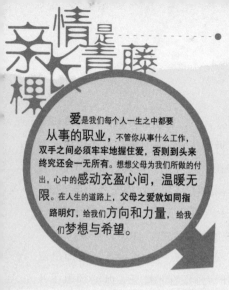

亲情是一棵青藤

爱是我们每个人一生之中都要从事的职业，不管你从事什么工作，双手之间必须牢牢地握住爱，否则到头来终究还会一无所有。想想父母为我们所做的付出，心中的感动充盈心间，温暖无限。在人生的道路上，父母之爱就如同指路明灯，给我们方向和力量，给我们梦想与希望。

　　未结婚时，她就是一名成功的律师，接连打赢几场高难度的官司，一时之间声名鹊起，成为远近闻名的女强人。

　　正当事业如日中天时，她步入了婚姻的殿堂。丈夫很支持她的事业，她也理解丈夫的心情，第二年她就为丈夫生了一个儿子。虽然因此影响了事业上的进步，但一家人的亲情是任何其他东西无法换来的。她很满足，无怨无悔。

　　后来她又打出几场大手笔的官司，又一次创造了事业上的辉煌。有人预言，照此下去，不出五年她将成为国内众多知名律师中最杰出的一位女性。所有的人都相信这一点，并且认为这一天的到来只是一个时间问题。

　　没有人能预料到命运的难题会何时出现。儿子三岁那年，不幸患上了一种无法治愈且需要有人终生服侍的怪病。身为母亲的她悲伤难忍，放弃一切官司回家照看儿子。她带领儿子四处求医问药，渴望着奇迹的出现。一年过去了，所有的大医院和专家教授们都爱莫能助地摇头，他们的结论一致："没有药物可以治疗，只能寄希望于精心照料，用无微不至的爱和关怀来创造奇迹。"

　　许多人劝她放弃治疗，重新去当律师打官司，所挣的钱一定能够养活儿子和购买他所需要的一切。她坚决地摇头："儿子需要的不是钱，是母亲的爱和母爱陪伴他的时间，既然我把他带到人间，我就应该为他的一生一世负责。"她从此再也没有接过一场官司，完完全全地成了家庭妇女。仍然为儿子四处奔忙，仍然寸步不离儿子周围，一切都要靠自己动手。就这样，一个曾经叱咤风云的女律师很快转变了角色，成了一名彻头彻尾的母亲，一名标准的妻子。丈夫想代替她，她不肯；同行劝她出山，她不肯。许多人都替她惋惜，当年许多与她相去甚远的律师都成就了自己的事业，而她居然甘心舍弃一切唾手可得的功成名就而屈身于一个根本没有希望的儿子身上。

她不为众人的议论所动，也不为众人的不解做解释。许多年过去了，人们早已忘记了她当年曾是一名名震一时的律师。而她的儿子，超越了医学的极限跨过了死亡的关卡顽强地长成了一名男子汉，并且以优秀的成绩考入了一所著名的医科大学。儿子立志要成为一名名医，用自己的成就来弥补母亲当年的缺陷。

许多以前的同事来看她，都戴着这样或那样光环闪烁的帽子。她一无所有地坐在他们中间。又有人说出替她可惜的话来，她笑了，伸出双手说："**我的双手都攥满了幸福，只是你们都没有看到罢了。世间最宝贵的是生命**，我用一生的精力塑造了一个新生命，我为自己的成就而感到自豪。其实**对于一个母亲来讲，任何工作都只是暂时的和外在的，只有一样工作是一生的职业，那就是爱孩子胜过爱自己。我始终明白这一点，我首先是一个母亲，然后才是一名律师或者别的什么。**"

其实不仅仅一个母亲如此，我们每一个人都是如此。在人世间，爱，也只有爱，可以成为一个人一生中惟一的可以从事一生的职业。▶▶▶

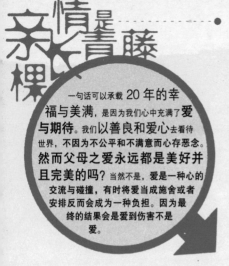

亲情是青藤缠树

一句话可以承载 **20** 年的幸福与美满，是因为我们心中充满了**爱与期待**。我们以**善良和爱心**去看待世界，不因为不公平和不满意而心存恶念。**然而父母之爱永远都是美好并且完美的吗？** 当然不是，爱是一种心的交流与碰撞，有时将爱当成施舍或者安排反而会成为一种负担。因为最终的结果会是爱到伤害不是爱。

　　父亲离家出走时他才六岁，不懂风不懂雨不懂人间的艰辛和苦难。母亲带着他和弟弟、奶奶以及太奶奶艰难度日。父亲说是出去谋生，其实是无法再忍受同村人的歧视和蔑视，因为父亲的父亲是反革命，被镇压后他们才下放到这个贫困的山村，村中人除了对他们不理不睬外还要无事生非地辱骂甚至攻击他们一家人，可是他们有什么错呀？

　　父亲走后，母亲经常教育他不要去记恨所有的人，其实每个人都是善良的，只是他们不知道自己善良罢了。他不懂，一个人怎么会不知道自己是好还是坏呢？母亲不解释，只是强调："别太在意别人的看法和说法，最重要的是你要相信自己的感觉。爱就是爱，就像你的爸爸，我们不能埋怨他的逃避，他的选择有他自己说服自己的理由。"

　　他还小，不懂母亲关于爱的看法，只知道小心翼翼并且格外珍惜地把握自己目前所能掌握的一切。他维护自尊就如爱护一件易碎的珍宝，关心弟弟更胜于关怀自己的一切。他当然看不到生活的风和雨，不知道相对而言一个人心中的爱往往总会被风吹雨打去。

　　奶奶劝母亲改嫁，奶奶的善良在于她不想让一个人拖累另一个人的一生。奶奶只有一个条件，她想要母亲两个儿子之中的一个，好让自己有所依靠也好安慰儿子或者是他的在天之灵。母亲开始不同意，太奶奶也来劝她，并说她与奶奶相依为命这么多年，懂得作为一个女人一个媳妇一个母亲的艰辛与不幸。奶奶也说："我的儿子逃避责任，没有必要让你来承担，你走是理所当然，不走是对我们的怜悯。"

母亲无奈，就将两个孩子叫到身边："你们谁愿意跟着奶奶，谁愿意跟着妈妈？"弟弟抢着说："我要跟着妈妈，因为晚上和妈妈在一起才能睡觉。"该他了，母亲死死地盯着他，神情紧张得好像面对生离死别一样。他看了看所有的人，然后很随意地说："我想和你们都在一起。"一句话，母亲泪流满面；一句话，奶奶老泪纵横；一句话，太奶奶喜极而泣。他不知道母亲已经和奶奶、太奶奶说好，只要两个孩子一个说跟母亲，一个说跟奶奶，母亲就会带着想跟自己的孩子改嫁。他的一句话，让一家人的分别变成不可能。

二十年后，当母亲送走了太奶奶、奶奶后变成孤身一人，他对当年的选择追悔莫及。只是因为他的一句话，让母亲多受了二十年的苦，这一切全是因为他的自私与不懂事造成的。他跪倒在母亲面前，祈求母亲的谅解。

母亲的笑容充满了岁月的沧桑："傻孩子，你一句话让我们一家人彼此相爱了二十年，你想我们都在一起，我们就都在一起了。你不是自私，你是发自内心的爱才让我们所有的人都对生活充满了感激。你的爱永远没有错，而我们所有的人都在二十年的岁月里快乐了每一天。"

假如一种幸福需要建立在一种痛苦和分离的基础上，所有内心充满爱的人都不会选择。他终于明白了母亲对父亲的释然，父亲的离去是他对自己的爱没有信心，认为他的存在不足以为亲人带来幸福。而母亲的留下是母亲认识到了她的爱是所有人快乐的理由，所以母亲把她的爱留下，**让每一个人都体会到爱的漫长爱的神圣爱的牺牲爱的完满。**

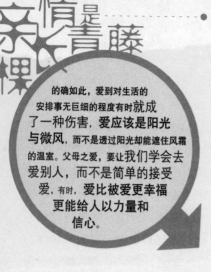

亲情是一棵青藤

的确如此，爱到对生活的安排事无巨细的程度有时就成了一种伤害，爱应该是阳光与微风，而不是透过阳光却能遮住风霜的温室。父母之爱，要让我们学会去爱别人，而不是简单的接受爱，有时，爱比被爱更幸福更能给人以力量和信心。

　　她和天下所有为人父母者一样深爱自己的孩子，认为他是世上最聪明最漂亮最听话的孩子，她对他寄予厚望，希望他成才，希望他健康成长，希望他出人头地，希望他比别人的孩子都强。

　　这并没有错，所有父母都会为自己孩子牺牲一切。她一步步设计好了儿子的前途，从小学、初中、高中到大学到工作到结婚生子，她就像电脑程序员一样设计好了一个程序，儿子只要认认真真地完成并且很好地执行这个程序就万事大吉了。儿子很听话，一开始就很认真地按照她的安排前进，就像做功课一样把她设计的程序完成得天衣无缝，她高兴得每一次都给儿子打了满分。

　　儿子大学毕业了，她利用关系给他安排了一个好工作。儿子要结婚了，她千挑万选为儿子选中了一个妻子。儿子结婚后还和她保持着以往一样亲密无间的关系，工作中有什么难题会问她，生活中有哪些不懂的事情也要问她，大到升职如何和领导处好关系，小到如何煮饭买什么样的抹布才能将地板擦得更干净。她很高兴，儿子终于按照她的设计安全而且健康地长大了、工作了、结婚了，更重要的结婚后的儿子还是和以前一样爱她，事事把她放在心上，事事向她请教，她的心满意足中有一种自豪感，儿子是她的，以前是，现在是，将来也是，谁也不会把他从她手中夺走。

事情还是来了。儿子在工作中遇到了一道棘手的难题，急匆匆赶来问她。她一看就愣住了，因为她不会，一点儿也不知道是什么意思。儿子很着急地等着她的回答，而她不想让儿子小瞧，就随口编出了答案。儿子高兴地走了，她却不知所措了半天。她没有想到生活会给她出这样的难题，她老了，该是问儿子问题的时候了，儿子却还来问她，她忽然意识到问题已经严重到了非要解决不可的程度了。

儿子回来后对她大发雷霆，因为领导对儿子的表现十分不满意。她劝说儿子："你现在该是自己解决问题的时候了，妈妈老了，有些新知识搞不懂了，你该自己学会解决生活中工作上以及人生的一些问题了！"

儿子大惊失色："什么，你说什么妈妈？你现在才告诉我让我自己去解决问题，现在才让我学会自己安排生活，你说的是真的吗？你以为现在我还可以学习吗？你以为我还有重新开始的勇气吗？妈妈，我以为你可以照顾我一生的，以前不都是你在为我安排一切吗？我现在还想这样！"

她无言以对，从小到大，儿子有过发言权吗？儿子有过自主权吗？她轻松地扼杀了儿子的创造性和激情，而当她老了知道自己已经跟不上时代的步伐需要儿子来安排她的生活时，儿子却告诉她说他不会，他已经习惯了她的安排。原来不知不觉中她的爱已经伤害了儿子的成长和成长中的属于儿子自己的主动性能动性和创造性，她日集月累的爱因为密不透风因为严严实实因为没有自由因为过于约束而已经成为一种硬性的伤害，爱到伤害不是爱，而是一条没有退路的险途。

天下为人父母者，爱本是天经地义无可指责的，但请你们一定要记住爱要适可而止。不要等到爱成为伤害时回头已晚，而且没有人可以永远地洞悉一切新知识新技术，所以**有时出于爱的需要父母同样不要去干涉孩子们的选择。**往往，他们会比你们正确。因为和时代在一起进步的更多的都是年轻人。

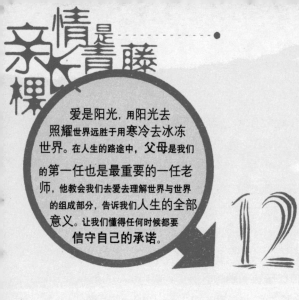

亲情是一棵攀青藤

爱是阳光，用阳光去照耀世界远胜于用寒冷去冰冻世界。在人生的路途中，**父母是我们的第一任也是最重要的一任老师**，他教会我们去爱去理解世界与世界的组成部分，告诉我们人生的全部意义。让我们懂得任何时候都要**信守自己的承诺。**

12

他的母亲几乎经历了所有的不幸，被丈夫抛弃，又因丈夫的造谣而遭人们误解，然后丢掉了工作，贫困交加之余又身染重病。然而她教育她的儿子说："所有的人对我们都很好，你长大后一定要报答他们对我们的一点一滴的帮助。他们误解我们是因为他们善良，他们善良所以他们不能容忍生活中的不美好。你的爸爸离开我们是他认为他找到比和我们在一起更幸福的生活，我们应该理解他的选择。"

他还小，不懂人间的风雨和人生的不平，只是相信母亲的话，只是把母亲的话放在心间和岁月一起成长。而他的母亲是如此的善良以致到死也没有对他说一句埋怨任何人的话，只是对他说让他快乐健康地成长，长大以后多为社会和别人做些事情。母亲走了，什么都没有留下，除了爱和许许多多的叮嘱。

他渐渐长大，很努力地去做一切。上大学，创办自己的公司，成为小有名气的企业家，做一些慈善事业，尽他所能去帮助一些需要帮助的人。后来他回到了他出生并成长的地方，当年的人都在，他们也已明白以前是他父亲喜新厌旧而不是如他父亲所说是他母亲不守妇道，许多人心怀愧疚，不敢见他更不敢奢望他的帮助。

母亲的话已在他心中长出一大片灿烂的阳光，他认定是这些人曾经那么无私地帮助过他们。为了回报他们，他帮他们修好了年久失修的门前的路，又帮一些无钱治病的人家交纳了医疗费，还几乎为每一家都添置了新家具新家电。在这里，他还发现一位垂死的老人无亲无故，但却没有人怜悯他给他吃哪怕一粒药。他将老人送到医院，给他安排最好的病房并吃最好的药。做好这一切时，他准备抽身离去。

老人醒来后拉住他的手不让他离去，他告诉他他并不是没有一个亲人，只不过是那些亲人们不认他罢了。他说他当年做了太多的错事，才落到今天的下场。他说他抛弃了深爱他的妻儿和另一个女人远走他乡，那个女人也确实爱他，但女人死后女人的孩子们把他当成累赘而将他送了回来。回来后他才听说妻子和儿子早已不知去向，很有可能是客死他乡了。说到这里他老泪纵横："活了一辈子我才明白什么是爱，谁才是我一生最该珍惜的人。可惜这一切都太晚了，为什么我就不能早一点明白这一切？"

他知道他是谁了，他就是当年抛弃他们母子的父亲。他没有说出真相，因为他怕父亲承担更多的心理压力，他只是说："老人家，如果你不嫌弃，我就为你养老送终吧。你就把我当成你的儿子吧！"

几年后老人病故，临死前他说："儿子，我早就知道了你是我的亲生儿子，只是我一直没有脸面认你。现在我要死了，只想问你一句话，我当年对你们母子如此绝情，你为什么还要对我这么好？甚至为了不让我增加心理负担而不承认是我的儿子？"

他能说些什么呢？他想起了母亲的话："**爱人是阳光，妈妈早就在我心中种植了一大片阳光，所以我的心中始终阳光灿烂。妈妈是真正爱我的，如果她在我心中种植下仇恨和阴暗，那么我的成长肯定不会是丽日晴空，也许我早就因为痛恨这一切的不公平而走向犯罪的道路。**"父亲终于明白了为什么他必须等到经历了一切才明白，因为他心中没有那么一大片阳光。

爱人是阳光。心中充满阳光，看这个世界时就会少了一份黑暗少了一些不平，在阳光中生活着是多么的幸福啊，**我们中的多少人又能做到这一点呢？**如果自己不能，那就把一切寄托到孩子们身上吧，告诉他们，**用心去爱这个世界远比用虚伪和不平去看待这个世界要快乐并且有趣得多！**

亲情是棵长青藤

一位父亲会信守对客户的承诺一定要信守对儿子的承诺，在成长的点滴中，每一句话每个细节都会给我们带来巨大的影响。我想这样的父亲是值得尊重的，而儿子完全可以为拥有如此的父亲而感到骄傲。尊重就如一粒小小的种子，种进心田会生根发芽并且苗壮成长，终有一天会长成参天大树，以一片绿荫回报父母的殷殷厚爱。

　　作为一名商人，他能和儿子在一起的时间很少。儿子虽然才六岁，小小年纪却懂得了许多事情，因为他离异后一直未娶，大部分时间是儿子一个人在独立生活。尽管他为儿子请了一个保姆，他仍觉得愧对儿子太多，就每次出差回来时给儿子买来大量的礼物。只要儿子喜欢，花多少钱他都乐意。

　　和儿子在一起的时间总是很短，他就问儿子需要什么想要什么，儿子摇摇头说："爸爸，你多陪我几天好不好？"他向儿子赔着笑摇头，儿子就又退让了一步："要不爸爸给我再找一个妈妈？"他只好再不好意思地摇摇头。儿子提出了最后一个要求："我生日时你一定要和我一起过。"他点点头，满足一个孩子的小小愿望是一件幸福的事情，当你所爱的人同样需要你时，你会发现原来爱是如此让人生怜并牵肠挂肚。

　　然而儿子生日时他还是忘了，想起来时他正离儿子千里之遥，而且正在进行的谈判非常重要。怎么办？他稍一犹豫后做出了决定，马上坐飞机回到儿子身边。一个父亲亲口对儿子说的话如果不能实现，怎样体现父亲的尊严？又怎样让儿子相信一个父亲可以一诺千金。他来不及向客户做出任何解释，匆忙之中甚至连一个电话都忘了打。乘上飞机后再想打电话为时已晚，他知道这笔生意肯定黄了。说实话，他忽然对自己的举动产生了怀疑，为了儿子的一个承诺而损失几十万元，值得吗？

一路风尘仆仆赶回家中，儿子正一个人点燃生日蜡烛。他才发现由于太匆忙竟然没有给儿子买任何礼物，这是惟一的一次。儿子见他回来，笑容在泪痕未干的脸上立即绽放，扑入他怀中，喜极而泣。

他带儿子玩了一天，表面上的欢笑掩盖不了内心的担忧。他几次打电话过去都没有人接。他开始后悔自己的冲动，自己的儿子又能怎样，损失了这么一大笔生意如何才能弥补。他越想越心疼，越想越懊悔，自己何必如此在意一个小孩子无心的要求呢？

第二天他就要急匆匆返回。临行前儿子拉住他的衣角，小声地说："谢谢你，爸爸，从此以后我会永远相信你。爸爸，你不知道我已经做出了一个决定，如果这一次你不能满足我的最后一个要求，我就再也不理你了，再也不相信你对我说的话了。爸爸，我好高兴这一次你没有骗我，我保证以后不再对你提要求了。"

他愣了，手提包掉在地上。几十万元的生意怎么能比得上一个儿子对一个父亲的绝对信任，怎么能替代一个父亲在一个儿子心目中至高无上的地位？他抱住儿子泪流满面，因为他知道自己的决定挽救了他作为一个爸爸的存在，挽救了一个父亲和一个儿子之间割舍不断的亲情和两颗心之间靠到最近时的信任，他才明白，对一个孩子的承诺说出了就要做到，因为在孩子的心灵里父母的话是他们成长的阳光和雨露，如果阳光不纯雨露掺假，孩子纯洁的如清水般的心灵必将留下不信任和失望的水纹。这是多少金钱都换不回来的对孩子的一生造成的负面影响和不良习惯。

许多东西是可以挽回的，比如生意。但如果我们不想让孩子带着不信任和怀疑的目光看待我们，不想让孩子认为我们在敷衍他们而学会在以后欺骗我们，那么**请你注意你对孩子所说的每一句话，信守你对孩子的每一个承诺吧，**让他在充满爱心和信任的环境中长大成材。>>>

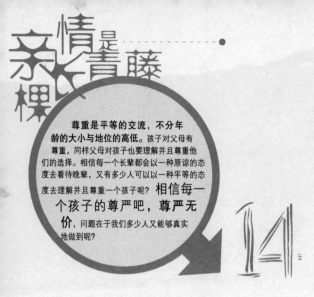

亲情是青藤

尊重是平等的交流，不分年龄的大小与地位的高低。孩子对父母有尊重，同样父母对孩子也要理解并且尊重他们的选择。相信每一个长辈都会以一种原谅的态度去看待晚辈，又有多少人可以以一种平等的态度去理解并且尊重一个孩子呢？**相信每一个孩子的尊严吧，尊严无价**，问题在于我们多少人又能够真实地做到呢？

同事徐阳是公司的销售主管，他六岁的女儿天天天真活泼，像一个快乐的小天使浑不知人间的忧愁。天天偏爱留长发，我们皆以为她是女生所以爱美之缘故，天天解释说："男生留短发，我是女生就留长发。"多么简单的思维，肯定受电视剧的影响，而且潜意识里说不定天天还有长发美女的影子。

徐阳生性懒散，而天天妈妈又因为工作关系无法常常在天天身边，教育天天的重任就当仁不让地落在了徐阳肩上。徐阳的理论是孩子不用教育，随心所欲，随机应变。天天妈妈担心徐阳的放任不管会惯坏了天天，就嘱咐我这个徐阳的好友督促徐阳。怎样管好还是惯好天天我和徐阳心里都没底，天天想穿花衣服就买，天天想吃肯德基就吃，天天想看动画片就看，天天想什么就什么，所以天天很高兴，称徐阳和我是世界上最好的人。

但我觉得长此下去肯定不行，天天现在就有一种公主的感觉，长此以往天天的欲望总有无法满足的时候，到时的反差与现在称心如意形成过于强烈的对比恐怕天天会承受不起。徐阳不以为然："太简单了，看我的。"

徐阳开始处处限制天天的自由，以前所有的待遇统统取消，徐阳严格地制定了天天的作息时间和活动安排，一丝不苟地按照执行。天天抗议无效，反抗失败，最终只好妥协。天天成了世上最乖的孩子，她很听话很懂事，叫干什么干什么，让她唱歌就唱歌，让她跳舞就跳舞。徐阳高兴地对我说："怎么样？小孩子的可塑性大，你想她怎么样她就会怎么样！"我不赞成徐阳的说法和做法。

天天妈妈回来了，听了我的汇报后大怒，向徐阳兴师问罪，指责徐阳在搞极端主义，一会儿酷暑一会儿严寒，孩子怎么能受得了？对待孩子既不能放任不管，又不能严加管制，要有个节制，让孩子感到你的管和不管都是爱她关怀她的表现。徐阳理屈嘴硬："你说的头头是道，那你知道什么该管什么不该管？"天天妈妈哑口无言，是啊，怎么样才能最合理地安排孩子的一切呢？

我提醒他们："问天天？看天天怎么说？"徐阳摇头："小孩子能知道什么？问她她肯定说想玩想吃不想学习不想学琴！"

谁也不知道天天是什么时候躲在了我们身后，天天在我的身后说："爸爸，你不尊重我。你为我所做的一切都没有征得我的同意。"所有的人都大吃一惊，天天在说什么呀，她只是一个六岁的孩子。天天接着说："我也想玩，但我也知道学习的重要；我想听话，但我也有自己的想法。爸爸妈妈，你们不要争了，你们应该问问我对你们的安排有没有意见？我提出的建议你们不允许但要找理由说服我，虽然你们是大人，但我也是人，你们要尊重我的意见和想法。所有的事情谁能说服谁就由谁来决定，你们说好不好？"

徐阳张大了嘴巴一言不发，妈妈也难以置信地看着天天。我想这是我们几个大人都不愿看到的结果：**尊重童心，这是一个六岁小女孩给我们上的一课。**在所有的教育中，**平等和尊重原来才是最重要的**，方法倒只是排在其次的一个形式。我想我们所有的人都应该认同天天的话，因为她提出的是正当的要求。

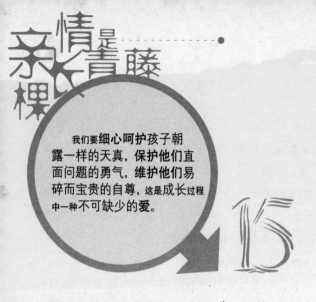

我们要**细心呵护孩子朝露**一样的天真，保护他们直面问题的勇气，维护他们易碎而宝贵的自尊，这是成长过程中一种不可缺少的爱。

15

朋友安琼是一名幼儿园老师，在她所带的大班中，有一个叫叶好的小男孩格外聪明，几乎每次都是他抢答问题，即使一次答不对，他也会低下头再想一会儿非要答对不可。叶好还非常懂礼貌，每次见到老师都要恭敬地问好。安琼特别强调叶好向老师问好的姿势："他总是先站直站稳，然后将双手垂直放下来，先弯下腰，等腰弯到一定程度后再开口说老师好。"

安琼的赞美之情溢于言表，看得出来，她非常喜欢这个小男孩。然而过了一段时间，我再也没有听到安琼说起过叶好。这是怎么回事？

一个偶然的机会我去安琼的学校找她，找到后我随口问起谁是叶好。安琼用手一指一个小男孩说："就是他！"什么，是他？我看到的叶好是一个不合群的有些孤僻并且落落寡欢的小男孩，他一个人在一旁玩一片树叶，完全没有安琼所说的朝气和机灵。安琼看出了我的疑惑，叹了一口气说："有一次一位姓刘的老师在上课时讲错了一句话，叶好举手发言指出了老师的错误。本来这是一件好事，可是那位老师正赶上心情不好，虽然也当场纠正了错误，但在讲完课后对全班同学说希望同学们以后有问题等下课后再说，不要在老师还在讲课的时候耽误老师和别的同学的宝贵时间。老师发生一两个错误在所难免，但并非只有一个同学知道，许多同学一点儿也不比这一个同学差。"

　　我很惊讶："老师怎么能说这样的话呢?"安琼也说："是呀，叶好只不过是一个孩子。不过这件事情并没有影响到叶好。后来有一次叶好在校园里遇到了刘老师，像往常一样恭敬地给他鞠躬问好。可是就在叶好将头低下去时，刘老师却一言不发地走了。叶好抬起头来发现刘老师不在了，当时眼泪就流下来了。从那以后，叶好再也没有活泼和可爱了，虽然那位刘老师后来也意识到自己对一个孩子也有些过分了，但他认为一个孩子也没有什么，他还小，小到不知道伤害也不知道自尊。其实叶好这样，是因为叶好是一个好强的男孩，他一心一意想把一切都做得很好，他的自尊心很强，而刘老师恰恰严重地伤害了他的自尊。像我们做老师应该相信每一个孩子的尊严和自尊不容侵犯。我多次以刘老师的名义向叶好表示道歉，但叶好并不领情。事情闹成这样，而刘老师也抹不开脸面当面向叶好说一声对不起。我们都在替叶好感到惋惜，一个老师，向一个孩子说声对不起又有什么呢?我们的老师却正是如此，连向一个孩子承认错误的勇气都没有。"

　　我几次试图以一个朋友的身份去接近叶好，但均以失败而告终。叶好根本就一点儿也不信任我，他的眼神冷漠中透露着拒绝。太可惜了，真的没有办法挽救了?安琼没有信心："现在就算刘老师非常真诚地向他说声对不起，我想叶好在短时间内也不会恢复到以前的天真活泼。叶好的例子给我们教育工作者提了一个不得不面对的重大问题，**就是每一个老师必须相信每一个孩子尊严的存在并且去维护他们的自尊，一定不要和一个孩子无私的心灵和无意的指责过意不去。**"

　　安琼说的有道理，**不仅仅是每一个老师要做到这一点，我们每一个人都要做到这一点**。这是不容置疑的。　﹥﹥﹥

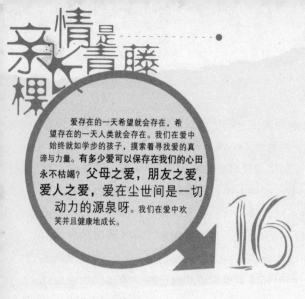

亲情是永不凋谢的一棵青藤

爱存在的一天希望就会存在，希望存在的一天人类就会存在。我们在爱中始终就如学步的孩子，摸索着寻找爱的真谛与力量。有多少爱可以保存在我们的心田永不枯竭？**父母之爱，朋友之爱，爱人之爱，爱在尘世间是一切动力的源泉呀**。我们在爱中欢笑并且健康地成长。

16

　　她的丈夫抛弃了她和儿子，不再尽一个男人应尽的所有责任。儿子还小，三岁的他不知道什么叫失去爸爸，为什么爸爸会不要他们。她不想让儿子过早地品尝生活的不幸和人生的磨难，就告诉他爸爸因为工作原因去很远的地方出差，要很长时间才能回来一次。到底要多长时间呢，妈妈说是一年。

　　一年有多长，是三百六十五天还是十二个月？儿子幼小的心灵因为渴望父爱而学会了每天都数着日子入睡，每天睁开眼的第一件事就是问妈妈离和爸爸见面还有多少天，是不是又少了一天？儿子的天真无邪让她背过脸去流泪，他相信妈妈所说的一切，因为他相信爸爸是爱他的，而他也爱爸爸。

　　第二天就是她答应让儿子和爸爸见面的日子。儿子一整天心神不宁，盼着天黑。天黑后又盼着天亮。她更是忐忑不安，因为她答应了儿子，如果最终是一场空的话，儿子该有多么伤心呀！可是去哪儿给他找一个爸爸呢？为了不让儿子失望，为了让儿子实现等待一年的喜悦，她决定求助一位同事，请他明天扮演一天儿子的爸爸。同事答应了，没有人能拒绝一个孩子的求爱心切。

　　儿子见到了爸爸，他高兴地和爸爸扑在一起，说什么也不肯松手。儿子怎么能记得起爸爸的模样，他只是出自天性出自他需要一个爸爸的需要和同事紧紧地抱在一起。她看见在那一瞬间同事流泪了，人间的爱都是相通的啊，只要一个人心中有爱总能找到可以流泪的时刻。

儿子高兴了一整天，从未有过的高兴。她也很高兴，脸上一直带着笑，尽管心里疼得难受。一天很快就结束了，儿子哭着不肯放开爸爸的手，同事也哭了，他忘记了自己所扮演的角色，以一个真正爸爸的身份对儿子说："明年爸爸一定还来看你，儿子，你放心！"

因为这样一个承诺，儿子每天都会很勤奋地做好自己应该做的一切，因为儿子不想让爸爸见到他后为他感到失望，儿子希望听到爸爸由衷的夸奖。儿子的进步让她高兴，但心中挥之不去的是如何把一个谎言一直天衣无缝地继续下去。一年又一年，儿子总有明白一切的一天。

生活永远会宽待有心人的。终于有一个人走进了她的心里，她是多么希望能立刻和他在一起，因为她疲惫的心需要好好休息一番。但是不行，和儿子一年的约定未到，必须圆满地完成这一切才能让儿子在永远的希望中朝气蓬勃地成长。她和他商量好等到第二年她和儿子的约定日再结婚，并且不能让儿子知道一切真相。

第二年，到了和爸爸见面的日子儿子见到又一个爸爸。他不说，只是紧紧抱住儿子说儿子你长高了长大了是不是不认识爸爸了，儿子本来有些迟疑，但他很快被他的体温和爱融化，哭着笑着说爸爸我太想你了，没想到记不清你的模样了，你是不是工作太忙累瘦了。他的泪水不由自主地流了下来，儿子顺理成章地认了他，而儿子的爱也在这一瞬间深入到了他的内心。

因为她的爱，因为同事的帮助和他的配合，在儿子的生命中从来就没有失去过爸爸，从来没有一天中断过父爱。同样，**儿子的成长也从来没有中断过希望，儿子的心灵也没有受到一点损伤。**希望永存时爱也永在。▸▸▸

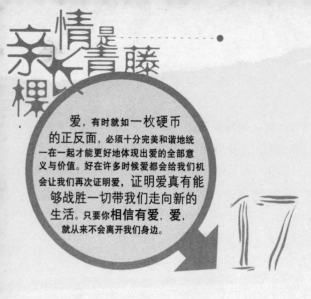

亲情是青藤长樱

爱，有时就如一枚硬币的正反面，必须十分完美和谐地统一在一起才能更好地体现出爱的全部意义与价值。好在许多时候爱都会给我们机会让我们再次证明爱，证明爱真有能够战胜一切带我们走向新的生活。只要你相信有爱，爱，就从来不会离开我们身边。

17

他和妻子十分爱自己五岁的女儿，因为女儿从小就发育良好，身体非常健康，而且女儿还十分听话，有时乖得像一只可爱的小猫咪。他和妻子都从事的是推销工作，每天忙得天昏地暗，但是因为有了女儿的存在生活变得充满了阳光。

推销工作时好时坏，有时因为在外面受够了顾客的气，回到家后他会莫名地冲妻子发火。妻子自然不甘示弱，因为她同样受了气还需要向他发泄。久而久之两个人大吵常见小吵不断。

他推销的是药品，妻子推销的是饮料，两个人接触的人群千差万别。陪客人吃饭是常有的事，问题的关键在于客人的口味常常和自己不同，所以只好将就客人的喜好。他多接触一些爱喝酒爱吃酸辣的人，而妻子多接触一些口味平淡爱吃素食的客人，生活改变了日常习惯，而工作改变了平时吃饭的习惯，他和她又开始为吃东西而争吵。他说她爱吃素菜清淡得像是出家人，她说他爱吃大鱼大肉像是食肉动物一样凶猛。于是争执不下时只好各做各的饭，各吃各的菜。五岁的女儿只好眼睁睁看着父母一人端出一盘自己最爱吃也认为最好吃的菜喂她，一人的饭菜吃一口，如果少吃了谁的谁就会指责另一方虐待女儿，有心让女儿身体发育不良。谁都认为自己做的饭菜最有营养价值，也对女儿的成长最有利。两个人互不相让，可怜的女儿只有每个人的饭菜都吃。她不想让爸爸或者妈妈任何一个人不高兴。

两人争论了一段时间没有一人说服对方，为了充分检验出自己的正确性，两人最后决定每个人用自己的饭菜喂养女儿一个月，看看谁能让女儿吃得更胖长得更快谁就是最后的胜利者。最后决定先由他来喂养第一个月。

他精心用鱼肉和各种丰富的动物食品为女儿准备了一顿又一顿丰盛的饭菜，她却在一旁冷嘲热讽。女儿虽然表面上吃得挺起劲，但是身体却日渐消瘦下去。一个月后她得意洋洋地接过女儿，在讽刺他的失败之余也用心用自己的方法为女儿准备饭菜。她以为她的方法完全正确，不料女儿的消瘦更不可抑制，她费尽心机也不见有半点起色。最后两个人都慌了，拉着女儿去看医生，医生检查说没有任何的营养不良，身体很健康。

那么问题出现在哪里？医生在得知他们的情况后笑着说："不能说哪一种饭菜更好吃更有营养，所有的饭菜只有搭配在一起吃才能完全补充人体所需的全部微量元素。孩子的成长需要的是两种健康，一种是身体上的，一种是心理上的。只有两种健康综合在一起，孩子才能更好地快乐地成长。"

原来答案在这里。他和她以为孩子所需要的只是健康的身体，不知道孩子其实更需要**一个健康的家庭**，更需要父母协调一致的关**爱和关怀**，需要家庭的温馨和父母的和谐来达到心理上的营养平衡。一个健康的孩子应该有**两种健康，健康的身体和健康的心灵**，只有达到身心的完美统一，寄托着我们未来希望的孩子才会在每天初升的阳光中灿烂无比。

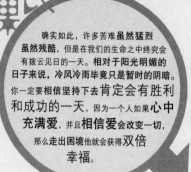

亲情是青藤树

确实如此，许多苦难**虽然猛烈**虽然残酷，但是在我们的生命之中终究会有拨云见日的一天。相对于阳光明媚的日子来说，冷风冷雨毕竟只是暂时的阴暗。你一定要相信坚持下去肯定会有胜利和成功的一天，因为一个人如果**心中充满爱**，并且**相信爱**会改变一切，那么走出困境他就会获得**双倍幸福**。

很小的时候，父母便离异了，她跟着母亲。尽管母亲很坚强，一直不肯在她面前流露出丝毫的不快和伤心，但她很清楚地明白母亲的伤痛和流在心里的泪水。所以她很小心地爱母亲，而母亲对她也倾注了全部的爱。因为她是母亲所剩下的惟一的亲人。

长大成人后她很努力，并且自己创办了一家公司。渐渐地赚了一些钱，她想母亲受了很多苦，理应享受她所带来的幸福。但是不久后医院检查出母亲得了绝症，生命短到不到一年时间。她在悲痛欲绝之余为了让母亲走得安详走得平稳而卖掉了公司腾出全部时间来陪母亲。在陪伴母亲的日日夜夜，她们一回忆起母女二人所走的坎坷岁月所经历的人间风霜，所有的回忆都有亲情和爱弥漫其间。母亲很满足地走了，嘴角甚至还挂着笑。那是一种无牵无挂的放手，是一种彻底放心一切的展现给人间的最后的爱。

她东山再起。后来她结了婚，并且很快有了孩子。是一个女孩，她爱若掌上明珠。丈夫也拥有自己的事业，对她的爱无微不至。多少年来始终未曾停歇的心总算有了一个温馨的港湾，她觉得人世间所有的幸福无非如此。而上天是如此地厚爱于她，给了她一切，她满意得在梦中都会流出幸福的泪水。

真的是谁也想不到的事情会再一次发生。爱她至深的丈夫竟然会被一群穷凶极恶的歹徒绑架，就在她还没有来得及决定是报警还是舍弃一切救丈夫时，因为丈夫不愿听从歹徒的威胁而被歹徒杀害。她昏倒在地，真想一睡不起，永远不用再接受这个残酷的现实。为什么幸福就如流水，在她手中不过多地停留一秒钟。

无数个漆黑的夜里，她紧抱女儿，终于体谅到了母亲当年的凄凉与无奈，也终于知道了一个母亲对惟一的女儿的全部的爱是如何地使她忘掉一切。女儿是她的全部，也是她的未来所有的动力。

但是苦难有时真的好像有意在和经历过苦难的人作对，女儿在七岁时突然失踪。据目击者讲应该是被拐卖了。犹如晴天霹雳，她几乎支持不住，几乎再也寻找不到活下去的能力和信心。当她在无边的伤痛中挣扎时，一丝光亮忽然闪现，女儿被拐卖了，世界很大，但我也要不惜一切找到她。她再一次卖掉公司，踏上了寻找女儿的漫漫长路。天南地北，她几乎走遍了中国每一个地方却没有发现一丝与女儿有关的消息。

在漫无尽头的旅途中，她目睹了以前从未见过的风光和风土人情，也体验了人生中从未有过的感动和震撼。回来后她把女儿永远地放在了心间，然后又收养了一个和女儿长得有几分相似的小女孩。她又重新做回了自己的事业，像爱女儿一样爱养女。在对女儿的思念和对养女的爱中，她渐渐找回了失落已久的欢笑和幸福的感觉，尽管仍然想念丈夫和女儿，感激母亲和憎恨父亲，但她已经知道三份爱永远大于一份恨。

我们不知道**一个人到底可以承受多少不幸和苦难**，但我们可以知道一个人能够**拥有无数的爱**并且**可以播洒无数的爱**。她知道尽管她经历了那么多的人生不幸和世间的磨难，但是所有人对她的爱以及她对所有人的爱从未离开她身边半步。这就是我们可以承受苦难并且继续坚强地活下去的信心和动力源泉。**相对于无始无终的爱来讲，任何的苦难都是短暂的一瞬。**

亲情是一棵青藤

恨有多长爱就有多长！

当你恨一个人的时候，不妨想想，如果是**由爱而生恨**，那么一定也可以**由恨而生爱**。爱与恨本来就是同根生，此消彼长，此起彼伏。只是我们一直不知道原来爱与恨也是如影随形不可分离的。一个母亲，可以在孩子心中**种植阳光与爱**，也可以**种植黑暗与恨**。一个母亲，可以给孩子带来未来与幸福，也可以给孩子带来痛苦与苦难。

19

女人和男人离了婚,因为男人在外面有了别的女人。除了伤心还是伤心，女人认为自己爱男人如此之深，而男人竟然没有一点情义地抛弃了自己，女人对他恨之入骨。

两人生有一个儿子极是聪明伶俐。在她的力争下,自知理亏的他把儿子让给了她。但是法院判决男人有探望权,每个月可以带孩子两天,每周可以看望孩子一次。她不同意但没有办法,男人再狠心对待她再在感情上亏欠她在血缘关系上他将永远是儿子的亲生父亲!而且不管男人对她如何,对儿子的爱却是发自内心源自血缘的!这或许真是男人的本性和女人的悲哀:男人对于孩子的爱永远大于妻子!或许不愿承认但又不得不认可的事实是:男人和孩子终究无法改变血浓于水的亲情事实,而男人对女人的爱却会因为时间空间以及其他原因而改变初衷与曾经的热烈和缠绵!

最主要的是儿子也爱爸爸,而且是极其纯粹没有一点杂质的深爱。儿子并没有因为爸爸和妈妈离婚而怨恨爸爸,他对爸爸纯净如水的爱中没有丝毫的恨与谴责,相反,他理解并支持爸爸的选择。尽管他也深爱着妈妈,但他认为爸爸与妈妈分手并不影响他对他们的爱,同样他们对他的爱依然牢系心间未曾改变。

女人想尽一切方法想让儿子记恨爸爸,让他和自己一样对男人充满恨和鄙视。儿子却始终做不到这一点,他十分不理解:"妈妈,爸爸对你不好并没有对我不好!如果爸爸对我很好而我不但不以同样的爱回报他反而对他不满并且充满仇恨与责备,您想让我做一个自私自利不知道心存感激的人吗?"

女人恍然大悟,不能因为自己的仇恨与不平让儿子也生活在不满和埋怨之中。儿子爱爸爸天经地义,她不能剥夺儿子爱的天性与权力!明白了这一点,女人尽管心中对男人的恨依然存在,却十分高兴儿子和爸爸在一起所享受的天伦之乐,并且鼓励儿子多些时间与精力与爸爸在一起。在妈妈的鼓励与支持下,儿子和爸爸相处十分融洽,不管是和爸爸在一起还是和妈妈在一起,他的幸福和快乐是发自内心并且一览无余的。

男人成立了新家之后他的妻子和他一样视儿子为亲生,女人组成了新的家庭她的丈夫对儿子的爱真实而且自然。儿子奔走于两个家庭之间有两个爸爸两个妈妈,给两个家庭带来欢乐的同时也让自己享受到了两份的爱与关怀。女人终于明白,**让爱更无私一些更宽广一点,即使自己内心拥有仇恨也不要传递给他人。淡化恨扩大爱,以爱易爱的回报就是会得到双倍的幸福!**

亲情是
一棵父母青藤

当你长大成人后回忆起母亲的音容笑貌是欢乐多于痛苦呢还是泪水大于笑声？从我们睁开眼睛的一刻起，母亲就是我们生命中最初的依靠与安慰。父母之爱，有声或无声，热烈或平静，都是人生之中最美的甘泉与最灿烂的阳光。父母是我们一生的方向与明灯，是我们应该珍爱一生并且尊重一生的人。尽管有许多父母之爱失之于失误或因种种原因被耽误被误解，不过我们相信父母之爱绝对是我们一生都该为之珍藏的宝藏。

20

　　每天早晨五点钟起床，起床后她先把今天的工作梳理一遍，然后叫醒四岁的女儿。做好早饭后和女儿一起吃完早饭，六点钟她和女儿一起赶到学校。在学校里她先安顿好所有的工作，检查一遍又一遍直到无一疏漏才送女儿去幼儿园。晚上七点她最后一个从幼儿园接回女儿，低着头不去看幼儿园老师的白眼与不满。

　　谁让她是一名初三的数学老师和班主任呢？谁让丈夫在外地工作不在身边为她排忧解难呢？晚上七点多回到家中草草地吃一口晚饭，她把家中所有的电器全部拔掉插头，把所有的易碎用品都放在四岁小孩无法够到的地方，然后再把家中所有的玩具堆到女儿面前，不顾女儿的哭喊与吵闹她反锁上门然后去学生家里逐一辅导功课。晚上十点多回到家里，女儿往往会满脸是泪地胡乱睡着在地上，有时着凉有时热得满身大汗。她回家后有时先看女儿一眼，把女儿放到床上去睡。有时会因为辅导的成绩极不理想而忘记女儿，对女儿视而不见一直工作到凌晨，等到自己上床睡觉时才会抱女儿过来一直睡。不知道四岁的小女孩多少次在梦中哭醒，醒来后不见妈妈一个人吓得大哭，一直哭得筋疲力尽再次睡去，脸上泪痕未干，心中犹有不甘。

　　日子慢慢地过去了，她也就认为女儿会逐渐地适应一切。学校就要进行一次模拟考试了，她忙得更是没日没夜。早晨起床时女儿小声地说："妈妈，我觉得今天特别冷！"她心不在焉地应付了一句："不会呀，今天二十五度呢。"晚上接回女儿时她一心只想着在这次模拟考试中一定要把全班学生的底摸个清楚，因为中考在即，必须确保今年的升学率。她完全没有注意到女儿一副有气无力的样子，软软地靠着她。回到家中女儿没有吃晚饭，对妈妈说："我特别困，想睡觉。"她正埋头批改学生的作业，头也没抬地说："好，你先睡吧，醒了后想吃就再吃饭吧。妈妈一会儿要出去辅导功课，自己一个人睡，知道不？"女儿没有回答她就上床睡着了，隐隐地她似乎听到了女儿小声的抽泣声，皱了皱眉，终究没有过去看一眼。

　　第二天她叫女儿起床，女儿赖床不起："妈妈，我觉得特别累，不想动，我一个人在家里玩一天可以吗？我不想去幼儿园！"她顾不上许多，答应了女儿并且帮女儿做好了中午的饭就匆匆去了学校。一去一天，一个电话没打一次也没有回家看女儿一次。一直忙到晚上回到家中，屋里静悄悄的，除了女儿小声的哭泣声。她有些恼火，一天的工作已经够烦了，女儿怎么还这么不乖？赶到房间里一看，女儿一个人小小的身体紧缩在床上，哭得床湿了一大片。听到她的声音，女儿朝她的方向看来："是妈妈吗？妈妈。"女儿哭着站了起来，却一头从床上栽了下来，她连忙扶住女儿，听见女儿说："妈妈，我眼前老是黑乎乎的一片，什么也看不见了。"她大惊，伸手在女儿眼前晃动，女儿没有任何反应。她终于着急了，抱起女儿奔向了医院。

结果医生说，孩子因为高烧不退持续时间过长，角膜已经软化穿孔，彻底失明了。医生看着她十分不满地说："孩子高烧几天了，你这妈妈怎么一点也没有发现？孩子现在失明了是因为你的视而不见造成的！"她愣了半天，终于抱住女儿放声痛哭起来。

中考结束了，她的学生有一半考上了省里的重点高中，成为建校以来成绩最好的一次。然而她再清楚不过，在学生心里，她或许是天下最好的老师，但面对女儿，她却是一个人世间最不称职的母亲。

　　不知道有多少悲哀掠过许多妈妈的心底？不知道有多少委屈与不平才能填满一个小女孩渴望母爱与光明的内心？作为老师，她的成功带来掌声与荣耀。作为母亲，她的母爱的失明导致了女儿一生的不幸与痛苦。她付出的代价是女儿一生的黑暗，她得到的回报是作为老师的认可与尊敬。可是这一切与一个小女孩的内心渴望与享受正常母爱的权利无关，与一个小女孩的快乐童年和仅有四年的光明无关。

　　更多的人看不到的是，在繁花似锦的掌声和荣誉背后是一个小女孩双目流着血水的凄凉呼唤：**妈妈，在我还没有用我的眼睛足够多地欣赏这个美丽世界之前，我多么希望能够再多看妈妈一眼，把妈妈的容颜与笑脸常记心间，作为以后太过漫长的黑暗世界之中的最美好的回忆与最刻骨的伤心。**

第二章

友情及成材

在我们的生活中，除去父母之爱，**友情**也是我们最为宝贵的财富之一。友情是健康而且美丽的花朵，向着太阳灿烂而且美丽地盛开，照耀并且芳香着我们的每一天。我们在友情中快乐并且充满自信地成长，让我们生命中的种子生根发芽并且茁壮成长，长成小苗，长成参天大树。

友情及

不要以为生活之中的重复全是无用的单调，年轻的心总有远大的抱负与志向，其实我们不知道的是再伟大的事业也需要从生活的一点一滴做起。我们很年轻，所以我们不懂的东西有很多。我们很冲动，因为有更多的事情我们无法决定。

　　年轻人很自负，大学毕业后分配到机关工作，每日都是千篇一律，没有激情与想象中的成功。年轻人很沮丧，认为自己一腔才华无法施展，而成功的机会从来没有青睐过自己。

　　年轻人想干一番事业，却又于心不忍自己稳妥的机关工作。年轻人很苦恼，将想法说给同事听，同事都笑："时间一长就会习惯了。"

　　每次上下班，年轻人都要路过一片草地。草地长得郁郁葱葱，很是喜人。而草地旁边有一片空地，寸草不生，很是荒凉。年轻人发现，浇水的老人在每次给草地浇完水后，总要把那块空地浇一下。年轻人很是不解：给空地浇水岂不是一种浪费吗？

　　有一次他忍不住将想法告诉了老人，老人不解释，只是说："时间一长你就会明白了。"

　　春天，万物萌发。一日年轻人路过草地，不经意间发现那块空地上竟长出毛茸茸的一片绿。年轻人惊讶万分，问正在浇水的老人："空地怎么也会生长绿色？"

老人哈哈一笑："谁说这是一块空地！你不知道在这块空地里面藏着多少生命的种子？只要你用心用热情持之以恒地去浇灌，一定会有种子生根发芽，生长出你意想不到的绿来。"

年轻人终于明白了生命的种子无所不在，就如那些平日如一块空地的日子，其实也蕴含着许许多多成功的机会，只不过是自己缺乏热情、耐心与发现的眼光罢了。

一年后，年轻人终于从一天一天平淡如白开水一般的日子中发现了成功的机会，那就是始终坚持不懈地做好手头的每一件工作，从不放弃看似无用的每一件小事。>>>

你无法**决定生命**，你无法**决定你能力之外的事情。**但是我们可以**决定努力学习**，可以决定去帮助一个力所能及的需要我们帮助的人。**不要忽视自己的热情与能力，更不要放弃自己的信心与方向。**你所不知道的是今天的付出到底会有什么回报，你所知道的是**热情都不会轻易被浪费。**

教授在给一群叱咤风云的人物上课，他们都是官场或商界的精英。

教授问："当你们单位或公司出现一重大事件时，谁是决策者？"

众人笑，所有的人都不以为然地昂起头，说："我！"

教授不理会他们的笑，继续问："如果需要有人下岗或升职，谁说了算？"

众人哗然，但还是轻松地说："我！"

教授看了所有的人一眼，说："如果单位或公司出现了重大失误，那么谁承担责任？"

有一半人回答："我！"其余人沉默。

教授问："如果你的妻子难产，医生问是保大人还是保孩子，你怎样决定？"

有一半人回答保大人，有四分之一回答保孩子，有八分之一回答不知道，让医生决定，其余的人故作轻松地说不可能。

　　教授不动声色，问："如果你的妻子或儿子得了重病，如治愈需要你的全部财产，你怎样做？"

　　有一半人沉默，四分之一人说治病要紧，其余的人说不可能。

　　教授说："如果你的妻子和儿子只能救活一人，当两人同处于危险之中，你先救谁？"

　　有四分之一救孩子，有四分之一人救妻，有一半人说不可能。众人开始反对教授的提问。

　　教授无动于衷，继续说："如果你和你的一家人同处于危险之中，而且只有一人活命的可能，你怎么办？"

　　所有的人沉默，然后所有的人说不可能，然后所有的人都反对教授的提问。

　　教授微笑着面对众人的怒气，平静地说："我是大家请来上课的，自然你们有权力决定我的去留。今天我给大家上课的课题是：你能决定什么？因为你们都是某一方面的决策者，在某一部门拥有绝对的权力。所以我以提问的方式让大家决定。你能决定什么？答案在最后一个问题之中。"

　　"如果你乘飞机失事，当飞机在空中盘旋撞向地面之际，你能决定自己的生死吗？"

　　没有一人回答。

　　教授最后说："当你们沉默或者说不可能时，只说明一个问题：**你无法决定！**"

关心爱护别人并**不仅仅是一句空话**，年轻人的追求也总会得到回报。有时候，经历过许多你才明白生活的意义在于追求与进取，而有时候获得友谊与感动仅仅需要一个瞬间。**天真的心因为没有经历世故而更能爆发出震撼与冲击心灵的力量。**

年轻人跋山涉水去寻找生活真正的意义，他感觉自己的付出得不到回报，每日有许多时间被白白地浪费于工作之外。

他翻过一座山，来到一个村庄。村庄缺水，所有生活用水均需从很远的一条小河去担，一来一回需要一天时间。

年轻人发现担水大军中有一个老者的两只小桶漏水，虽不多，但一路上滴滴答答也要少去半桶。年轻人不解，问老者："你的桶为什么不修理一下？这样漏水多浪费呀！"

老者却微笑着摇头："年轻人，你放心吧，所有的热情都不会浪费，更何况我洒的是金子般珍贵的水啊！"

见年轻人不醒悟，老者又说："等你再回来时就会明白了。"

年轻人继续寻找，穿过白天和黑夜，他一无所获，只好垂头丧气地返回。等他再路过那个村庄时，惊奇地发现原先担水人走过的路如今花香遍径，路旁长满各种美丽的花草。老者告诉他："虽然我每次只得到半桶水，但流掉的水浇灌了这些花草。只不过是滴水之恩，它们却用整个生命来点缀我们经过的道路。年轻人，你说我的水有没有浪费？"

滴水之恩，却能换来花香满径的收获，谁说做些工作之外的事情是一种浪费？要知道一点一滴的时间都会体现它的价值。**如果你用更多的热情去灌溉，说不定你会得到一座森林。**

男孩与他的妹妹相依为命。父母早逝，他是她惟一的亲人。所以男孩爱妹妹胜过爱自己。

　　然而不幸再一次降临在这两个不幸的孩子身上。妹妹染上了重病，需要输血。但医院的血液太昂贵，男孩没有钱支付任何费用，尽管医院已免去了手术的费用。但是不输血又不行，不输血妹妹就会死去。

　　作为妹妹惟一的亲人，男孩的血型与妹妹相符。医生问男孩是否勇敢，是否有勇气承受抽血时的疼痛。男孩开始犹豫，十岁的大脑经过一番深思熟虑，终于点了点头，郑重而又严肃地点头，仿佛做出了一个极其重大的决定，脸上洋溢着勇敢与坚定。

　　抽血时，男孩安静地不发出一丝声响，只是向邻床上的妹妹微笑。抽血后，男孩躺在床上一动不动，目不转睛地看着医生将血液注入妹妹体内。一切手术完毕，男孩停止了微笑，声音颤抖地问："医生，我还能活多长时间？"

　　医生正想笑男孩的无知，但转念间又被男孩的勇敢震撼了：在男孩十岁的大脑中，他认为输血会失去生命。但他仍然肯输血给妹妹，在那一瞬间，男孩所做出的决定付出了一生的勇气并且下定了死亡的

　　不管怎样，生活之中不会总是充**满阳光与温暖**，风吹日晒总是难免。当一个小男孩用童真的声音说出愿意和妹妹平分一半的生命时，我们心中的感动与震撼无法言说。用心去爱别人去帮助别人，不是言语无心的承诺，而是要真实地面对并且努力地做到。**即使是惩罚**，也可以**由爱来完成。**

决心。

医生的手心渗出了汗，他握紧了男孩的手说："放心吧，你不会死的。输血不会丢掉生命。"

男孩眼中放出了光彩："真的？那我还能活多少年？"

医生微笑着，充满爱心："你能活到一百岁，小伙子，你很健康！"

男孩从床上跳到地上，高兴得又蹦又跳。他在地上转了几圈确定自己真的没事时，就又挽起了胳膊——刚才被抽血的胳膊，昂起头，郑重其事地对医生说："那就把我的血抽一半给妹妹吧，我们两个每人活五十年！"

所有的人都被震惊了，这不是孩子无心的承诺，这是人类最无私最纯真的诺言。**同别人平分生命，既使亲如父子，恩爱如夫妻，又有几人能如此快乐如此坦诚如此心甘情愿地说出并做到呢？**

所有的人，是的，包括医生，包括护士，包括其他的病人，还包括在尘世间日益麻木并且冷漠的我们。▷▷▷

> 我们能说什么我们能做什么取决于我们的内心，带着爱带着良好的愿望去看待世界，有时，充满爱心的惩罚会带意想不到的效果，与改变三个孩子一生的命运相比，没有什么比这样的惩罚更伟大更动人更让人为之动容。生命之存在的目的的就是为了追求爱，即使是一名劫犯，也会被生命所征服被爱所改变。

5

春天的早晨，米妮太太听见院子里传来细微的响声。这个家里只有她一人居住，而且平常不大会有人光临，更何况还是早晨。有小偷！米妮太太透过窗户看见有三个小男孩在后院东张西望。她毫不犹豫地拨通了报警电话。

警察到来时三个小偷惊惶失措，但没有一人逃脱。他们显然是新手，面对警察的围攻束手被擒。就在小偷被押上警车的一瞬间，米妮太太向小偷们看了一眼，她惊呆了：天啊！他们还是孩子，最大的也不会超过十四岁。而其中一个还拖着鼻涕。米妮太太向警官求情："能不能放了他们？他们都还是孩子？"警官摇头："对不起，米妮太太，那将是法官的事。"

米妮太太心存愧疚，她认为自己不该将几个孩子送进监狱。她决定向法官求情。

法官说："他们应该被判半年监禁！"

米妮太太恳求法官："请看在他们年幼无知的分上，原谅他们吧！法官大人，我请求您将他们的惩罚改为为我劳动半年。毕竟他们还小，在他们的人生经历中不该有被监禁的经历。"

经过米妮太太的再三请求，法官答应将三个孩子改判为罚他们为米妮太太劳动半年。米妮太太将三个孩子领回家中，其中一个说："对不起，太太，我们只是想在您这里找点儿吃的东西，不想偷您的东西。"米妮太太说："孩子，你们需要什么必须要付出劳动。从现在开始你们必须在我这儿劳动半年。干得好的还有报酬。你们必须诚实，知道吗？"

米妮太太像对待自己的孩子一样对待他们，和他们一起劳动一起吃饭，还给他们讲做人的道理。

半年后，三个孩子不仅学会了各种技能，而且个个身强体壮。他们已不愿意离开米妮太太，但米妮太太说："你们应该有更大的作为，而不是待在这儿。记住，任何时候都要依靠自己的智慧和双手吃饭。"

许多年后，三个孩子一个成了一家工厂的主人，一个成了一家大公司的主管，而另一个成了大学教授。每年的春天，他们会从不同的地方赶来，与米妮太太相聚在一起。

同样是惩罚，监禁也许会使三个孩子从此走入歧途，从人生最不光彩的一页开始，逐步走向犯罪的深渊。而以爱心为目的的惩罚，因为米妮太太的爱和善良的愿望，改变了三个孩子一生的命运。

生命理应被尊重， 不管一个人是如何的罪恶如何的丑恶，面对生命的权力他都会选择尊重。我们不能无视生命的要求与生存的基本权利，尊重身边的每一个人，我们会得到同样的尊重与平等的对待。不管对方是一个婴儿还是一个老人，生命是平等的，必须合理地对待。

有一劫犯在抢劫银行时被警察包围，无路可退。情急之下，劫犯顺手从人群中拉过一人当人质。他用枪顶着人质的头部，威胁警察不要走近，并且喝令人质要听从他的命令。

警察四散包围，但不敢离去。劫犯挟持人质向外突围。突然，人质大声呻吟起来。劫犯忙喝令人质住口，但人质的呻吟声越来越大，最后竟然成了痛苦的呐喊。

劫犯慌乱之中才注意到人质原来是一个孕妇，她痛苦的声音和表情证明她在极度惊吓之下马上要生产。鲜血已经染红了孕妇的衣服，情况十分危急。

一边是漫长无期的牢狱之灾，一边是一条即将出生的生命。劫犯犹豫了，选择一个便意味着放弃另一个，而每一个选择都是无比艰难的。四周的人群，包括警察在内都注视着劫犯的一举一动，因为劫犯目前的选择是一场良心和道德、金钱和罪恶的较量。

终于，劫犯缓缓举起了枪——他将枪扔在了地上，随即举起了双手。警察一拥而上。围观者竟然响起了掌声。

孕妇已不能自持，众人要送她去医院。已戴上手铐的劫犯忽然说：

"请等一等，好吗？我是医生！"警察迟疑了一下，劫犯继续说："孕妇已无法支持到医院，随时会有生命危险，请相信我！"警察终于打开了劫犯的手铐。

一声洪亮的啼哭声惊动了所有听到它的人，人们高呼万岁，相互拥抱。劫犯双手沾满鲜血，——是一个崭新生命的鲜血，而不是罪恶的鲜血。他的脸上挂着职业的满足的微笑。人们向他致意，忘了他是一介劫犯。

警察将手铐戴在他手上，他说："谢谢你们让我尽了一个医生的职责。这个小生命是我从医以来第一个从我枪口下出生的婴儿，他的勇敢征服了我。我现在希望自己不是劫犯，而是一名救死扶伤的医生。"

有时罪恶会被一个幼小的生命征服，不是因为他强大和伟大，而仅仅在于他是一个需要生存权力的生命而已。生命的征服就是如此简单。

这是一个绝对真实的故事，它发生在美国的洛杉矶市，时间是一九九九年七月二十五日。

合理总是有一个界限，或许美国的不合理就是日本的合理。而成功也是没有公式的，学习上的成功不等于社会上的成功。所以**永远不要伤心气馁**，学习成绩的好坏只是生活的一部分，成功的一方面，了解到了美国家具在日本的失败，我想我们更能明白也许并没有绝对成功的标准来衡量我们，比如学习成绩，比如某一方面的天才，等等。**成功**只是发挥并且成功地运用了自己的特长与优点，除此之外，你还能证明什么呢？一步一步走下去，按照自己生命之中理应遵循的程序。

最初美国家具进军日本市场时，销售局面很难打开。于是美国人将家具做得更豪华、更别致、更耐用、更美观，将家具的每一个细节都做得力求完美，而且将价位调至低于日本国内生产的同档家具，但是所有的这一切仍未奏效，他们的家具依然难销。

美国人百思不得其解，只好将一切归结于日本人的排外情结，他们宁肯用同样的钱去买自己国家生产的二流家具而不去买美国出品的一流家具。美国人认为在他们合理的推断中的日本人是多么地不合理。

然而事实并非如此。就在美国人无计可施准备放弃日本市场时，一位日本家具设计师告诉了美国人真相：你们的桌子包括你们所有的家具底下为什么没有仔细磨平？这样的细节在合理主义的美国人看来更是不可思议：难到日本人每天都要钻到桌子底下欣赏？美国人甚至有些哭笑不得：这不合理？

但日本人的细致就是他们自己的合理，他们认为的合理决定了他们自己的选择。在他们看来，粗枝大叶的美国人连桌子底下都没有细致磨平，他们的家具自然一无是处。

日本人的合理和美国人的合理区别在于日本人是个微观民族，他们注重生活的细节与真实；而美国人则是一个宏观的民族，他们更多地注意生活的舒适与豪华。日本人的合理是经济实用，美国人的合理是享受原则。合理的界限决定两个民族的不同，也决定了美国人的家具在日本的必然失败。

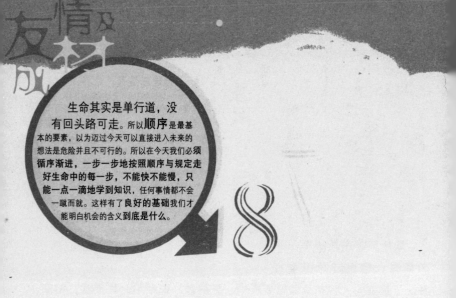

生命其实是单行道，没有回头路可走。所以**顺序**是最基本的要素，以为迈过今天可以直接进入未来的想法是危险并且不可行的。所以在今天我们必须**循序渐进**，一步一步地按照顺序与规定走好生命中的每一步，不能快不能慢，只能一点一滴地学到知识，任何事情都不会一蹴而就。这样有了**良好的基础**我们才能明白机会的含义到底是什么。

8

他曾是一名学生，学习成绩很不错，也很受老师器重。果然，高考时，他不负众望考取了一所名牌大学。

然而，就在接到录取通知书的那一刻，他又退缩了，在他们那个贫穷的小山村，他的家属于只有温饱的那一种。那一笔昂贵的入学费用以及上学后每月不菲的支出，是他那个贫困的家所无力承担的。既使是家中支付了上学费用，每月的生活费仍需要他打工来维持。他不想把贫穷和落后带进学校。最后他把目光看向了南方，他决定，南下打工一年，挣足学费后再重新考上大学。

谢绝了所有人的劝告，他背起简单的行李南下。在第一年里，他左冲右突，拼命地挣钱，终于如愿以偿挣足了学费，然而他没有即刻返回，他想再打工一年，多挣一些钱，可以让自己在大学期间生活得更好些。第二年，他更加努力，不到半年就完成了自己一年的任务。兴奋之中有些期待，他感觉自己是经商天才，于是全身心地投入商海搏杀之中。

第三年，当他腰缠万贯回到家乡，重新坐在教室里准备重圆大学梦时，他悲哀地发现原先熟悉的一切已变得陌生，他的优势尽失。半年后，他黯然离去。他知道以他目前的状态离大学的目标相去甚远。

再后来，他几次打工不成，心灰意冷回到山村，娶妻生子，日出而作，日落而息，曾经的青春与知识丝毫没有在他身上留下痕迹，岁月迅速将他变得与他父辈一般无二。他原本只想在他生命前进的途中稍停留片刻，然后重新起航，却不料竟然脱轨。他不知道生命的顺序是不可调整的，如果今天去做明天的事，那么因此失去的不仅仅是今天，也许一生的进程因此而被打乱并失去原来可以得到的成功。很多时候我们失败于操之过急，为什么不一点点做好今天的每一件事呢？要知道，把手头的工作做好，这是成功的第一步。▶▶▶

成功确实需要机会，可是机会并不是在前面的某一个路口或者某一个时间在静静地等待着我们，机会是需要我们去争取去进取去努力才能得到的。机会一向青睐有充分准备并且有胆识敢于去迎接挑战的人。假如你拥有知识与能力，你还需要拥有勇气与信心，要善于抓住每一个稍纵即逝的机会。慢慢地，我们就会更多的了解到生活中的真实。有时，真实其实就是接近真相的方法与机会。

两个年轻人是同学，大学毕业后应聘到了同一家大公司工作，两人被分到了不同的部门。

一年后，各部门公开竞争部门经理。年轻人甲对年轻人乙说："我想参加竞争，你呢？"

乙不无忧虑地说："我想我们没有机会，首先我们没有资历，其次我们又没有多少工作经验，还是不要当陪衬吧！"

甲说："我想试一试，不试怎么知道输赢呢？"结果甲获得了成功，乙对他说："你真幸运。"

又一年，公司公开竞争公司副总经理。甲让乙也去参加应聘，乙犹豫说："副总经理一定会从部门经理中产生，普通职员去也没有用。再说我参加了副总经理的竞争，如果失败了怎么再在我的部门经理手下干呢，他一定会对我有意见，认为我想超过他。还是以后再等机会吧！"

结果副总经理的职位被一名名不见经传的普通职员获得。乙对甲说："他比你还走运。"

又一年，公司举行全面改革，每个职员都可以发表自己对公司如何发展的看法，不发表讲演者可以写报告上交。甲对乙说这可是最后一个机会了，你如果不抓住就再也没有机会了。乙也这么认为，但他担心讲演太暴露自己，就决定写报告上去。

甲发表了讲演，他赢得了大多数人的支持，结果荣升为副总经理。乙的报告也获得了好评和重视，公司决定对他委以重任，但要他发表讲演以便观察。

乙的讲演结结巴巴，远不如他的报告通畅和流利。最后公司领导不无遗憾地对乙说："不是我不给你机会，是你自己没有给自己创造机会。"结果乙只能坐到副总经理秘书的位置。

机会到底是什么意思呢？**机会不是幸运和偶然获得的成功，机会是全神贯注地奋起直追。舍弃一切，认准一个目标去追求去拼搏。**

在获取成功的过程中拥有快乐肯定是一件幸事，越近地接近真相，我们就越能体会到事物与其真实的内在原来有一段比较遥远的距离，有时还会大于我们的想象。好在世界的构成复杂而且简单，复杂是因为真相相对还很遥远，简单是因为有时得不到真相得到快乐也未尝不可。

在商场工作的朋友告诉我，他们商场最近会有一次降价活动，建议我去选购些需要买的东西。他强调说如果真的买某一件商品，最好在未降价之前记住它的真实价位，然后再看降价是否属实。

朋友解释说全场降价实际上是部分商品降价，很大一部分是先升后降，即升高价位然后再降至原来的价位，然后标出，给人一种降价很多的感觉。许多人原先不打算买的东西也会因降价而买回家去，因为他们觉得他们付出的价格接近了商品真实的价格，这样会感觉物有所值，获得了心灵上的满足。

真的是这样吗？在表示怀疑之后我去朋友们的商场看上了心仪已久的一件名牌西服上衣，价位一千二百元。降价后我再次去看我以前因价位太高而望而却步的西服，标价牌上两个红色的数字验证了朋友的正确：原价二千元，现价一千一百元。明明降了一百元，却给人降了九百元的感觉。要不是事先得知，我怎会不怦然心动呢？

　　下到一楼，一位小姐正在买鞋。原价一百八十元的皮鞋降至八十元，小姐十分高兴而且心满意足地买走了她想象中的一百八十元的皮鞋。我清楚地记得，那双鞋未降价之前就是八十元。至于商场的促销手段有无欺诈的行为姑且不论，重要的是在这样的降价活动中双方都获得了满足。商场赚取的是合法之内的利润，而顾客买到了他们认为物有所值的商品，在一定程度上满足了自己的需求。

　　真实的价格与降价无关，它是使我们心灵获得愉悦，并且得到满意和认可的价位。除此之外，它还反映了我们看待问题的局限：**除了真正无力承受的因素外，更多的时候我们愿意被感性的错误所指引，相信一切可以使我们快乐和接受的事物。**

友情及成功

成功或者失败，过程都是值得思索并且让人回味的。在我们探索真相与真知的历程中，尽管有太多的未知与困难，尽管知道也许面临的必然是失败，可是谁又知道在失败之后不会有另一个意义上的成功呢。每个人在社会之中都会有属于自己的一个位置，不管这个位置或高或低，或重要或次要，都是这个社会不可或缺的一部分一个基本的组成。

11

　　一名科学家受重托去某地查明该地几种经济作物的死亡之谜，于是，他携带许多精密的仪器和一颗不查明真相就决不返回的决心，在这个四面环山的小山村住下了。

　　工作异常艰难，除了工作环境险恶以外，更主要的是这里各种植物互相缠绕在一起却生得郁郁葱葱，而有些植物相距数米也会枯萎而死。科学家发现情况远比他想象中复杂，千头万绪不知从何开始。

　　但事情越是难以查清真相就越能激发他的工作热情。科学家夜以继日地工作，终于在一年后初步发现了原因：是另一种植物过多地生长造成的，这一种植物对那几种经济作物构成了明显的威胁，而它的生命力大大优于这几种经济作物。可以说，经济作物是被这一种植物杀死的。

　　兴奋之余，科学家发布了这一消息，并宣布已破解经济作物死亡之谜。一时间，科学家声名鹊起，被当地人奉若神明。

　　但人们不久后即发现，在他们不再种植这几种植物之后，他们的经济作物仍然难逃死亡的命运。正在四处做报告的科学家忙收回已到处宣扬的结论，重新返回山村进行研究。

一年后，科家又发表了新的结论：当地人所施加的自制的肥料中含有一种能促进杀死经济作物的几种植物生长的养份，而这种养份却有害于经济作物。科学家的声明是对前一次结论的补充，他的前一次发现并非完全没有道理。

然而科学家第二次又失败了。当地人不再施加他们自制的肥料后，经济作物仍然大片大片地死去。

科学家在经历两次失败之后，心力交瘁，再加上责难之声增多，他一病不起，他的弟子危急时刻挺身而出。

弟子用了两年时间发现了一系列的问题：先是从肥料中发现当地人的食物有问题，从食物中发现他们灌溉田地的水有问题，从水源处发现供水的山泉有问题，从山泉处发现这里埋藏着一个巨大的稀有金属的矿藏。科学家的弟子因此一举成名。他既为当地人找到了经济作物死亡的根源，又因发现矿藏而为当地人打开一条富裕之路。

弟子回去后对科学家说："老师，您的发现没有错，但它只是真相的一小部分，真相相对还很遥远。"

科学家说："这是生活和科学联合给我上的最好的一课，**在没有完全明白真相之前，不要盲目而乐观地急于说出结果。否则，有时候意料之外的结果往往会让我们无法接受并且无路可退。**"

"而你，"科学家最后对弟子说道，"便是这最好的一课的最好的讲师。" ❉❉

并不是**每一个人都可以考试得第一名**的，也并不是每一个人都能够考上理想的大学的。这并不重要的，重要的是**每一个人都应该在生活中找到真正属于自己的位置并且好好地把握自己的位置**。就如一辆汽车，轮胎也好，方向盘也好，都是不可或缺的重要的组成部分，无所谓重要与次要。找对自己的位置是重要的，成功也往往没有模式，可以由各种方法获得。

迈克在求学方面一直遭遇失败与打击，先是未能升上重点高中，接着在高中未毕业时被学校劝退。校长对他的母亲说："迈克或许并不适合读书，他的理解能力差得让人无法接受。他甚至弄不懂两位数以上的计算。"

母亲很伤心，她把迈克领回家，准备靠自己的力量把他培养成材。可是迈克对读书不感兴趣，并非丝毫不感兴趣，为了安慰母亲，他也试着努力学习，但是不行，他无论如何也记不住那些需要记忆的知识。母亲很失望，迈克也为自己让母亲失望而感到伤心。他加倍努力学习，但收效甚微。尽管如此，母亲和迈克仍然一同努力，期待着迈克在学习上的成功。

一天，当迈克路过一家正在装修的超市时，他发现有一个人正在超市门前雕刻一件艺术品，迈克产生了兴趣，他围上前去，好奇而又用心地观赏起来。

不久，母亲发现迈克把兴趣从读书上转移到雕刻上，无论他发现什么具有一定形状的材料，包括木头、石头等，他一定会认真而仔细地按照自己的想法去打磨和塑造它，直到它的形状让他满意为止。母亲很着急，她不希望他玩弄这些东西而耽误学习。迈克不得不听从母亲的吩咐继续读书，但同时又从不放弃自己的爱好并且他一直想做得更好。

迈克的学习最终还是让母亲彻底失望了，没有一所大学肯录取他，哪怕是本地并不出名的学院。母亲对迈克说："你走自己的路吧，没有人会再对你负责，因为你已长大！"

迈克知道他在母亲眼中是一个彻底的失败者，他很难过，决定远走他乡去寻找自己的位置和事业。

许多年后，市政府为了纪念一位名人，决定在市政府门前的广场上置放名人的雕像。众多的雕塑大师都纷纷献上自己的作品，以期望自己的大名能与名人以及市政府联系在一起，这将是难得的荣耀和成功。

最终一位远道而来的雕塑师获得了市政府及专家的认可，他的雕塑作品被置于市政府门前广场的显要位置，引来了许多人的参观和赞赏。在开幕式上，这位雕塑大师对所有的人说："我想把这座雕塑献给我的母亲，因为我读书时没有获得她期望中的成功，我的失败令她伤心失望。现在我要告诉她，在大学里没有我的位置，但生活中总会有我一个位置，而且是成功的位置。我想对母亲说的是，希望今天的我不至于让她再次失望。"

在人群中，迈克的母亲喜极而泣。她知道迈克并不笨，当年只是她没有把他放对位置而已。**每个人都会在生活中找到属于自己的天地，不论做什么，不管所从事的职业是否伟大，只要找到了位置便是了不起和值得庆祝的成功。** ∴∴

信誉无价，成功的基础如果建立在信誉与诚信之上，成功就如打好了地基的摩天大厦一样，有了向上的动力与信心。一场火灾可以成就一家保险公司，一次意外也许可以挽救一家濒临倒闭的企业，重要的是，如果建立好自己的信誉，再大的困难也无法动摇信誉的力量与影响。

一八三五年，摩根先生成为一家名叫"伊特纳火灾"的小保险公司的股东，因为这家公司不用马上拿出现金，只需在股东名册上签上名字即可成为股东。这正符合摩根先生当时没有现金却想获得收益的境况。

很快，有一家在伊特纳火灾保险公司投保的客户发生了火灾，按照规定，如果完全付清赔偿金，保险公司就会破产。股东们一个个惊慌失措，纷纷要求退股。

摩根先生斟酌再三，认为自己的信誉比金钱还重要。他四处筹款并卖掉了自己的房产，低价收购了所有要求退股的股份。然后他将赔偿金如数返还给了投保的客户。

一时间，伊特纳火灾保险公司声名鹊起。

已经几乎身分无文的摩根先生成了保险公司的所有人，但保险公司已濒临破产。无奈之中他打出广告，凡是再来伊特纳火灾保险公司投保的客户，保险金一律加倍收取。

不料客户很快蜂拥而至。原来在很多人的心目中，伊特纳公司是最讲信誉的保险公司，这一点使它比许多有名的大保险公司更受欢迎。伊特纳火灾保险公司从此崛起。

许多年后，J.P.摩根主宰了美国华尔街金融帝国。而当年的摩根先生，正是他的祖父，美国亿万富翁摩根家族的创始人。

成就摩根家族的并不仅仅是一场火灾，而是比金钱更有价值的信誉。还有什么比让别人都信任你更宝贵的呢？**有多少人信任你，你就拥有多少次成功的机会。**成功的大小是可以衡量的，而信誉是无价的。用信誉获得成功，就像用一块金子换取同样大小的一块石头一样容易。

一家公司投资数百万元为广大市民蒸制馒头、花卷之类的食品。开始的时候销量很好，工人们也尽心尽力工作，食品质量一直受到消费者的称赞。

时间一长，人们开始发觉这家公司的馒头与以前相比不但分量不足，而且质量也下降很多。于是，公司的食品销量锐减。经理亲自去车间严把质量关，也无济于事。工人们也一致说一直不曾松懈，他们从未偷工减料。

但产品销量不断减少却说明了这个不可争辩的事实。

经理经过深思熟虑，终于想出了一个办法，他将原先在一起的工人分成两组，一组为甲班，一组为乙班，在他们各自蒸制的食品的袋子上印上班别，上午是甲班工作，下午是乙班。

乙班工人下午上班的时候，发现车间的黑板上写着一句话："今天甲班生产的产品质量很好，销量大增。"乙班工人心中不服，更加努力地工作起来。

第二天甲班上班的时候，也发现了这句话，只不过"甲班"已改

寻找到一个最恰当的适合自己的方法，把建造摩天大厦的成功化成每日只砌一米高的围墙的目标，持之以恒，终有一天你会突然发现原来自己的大厦已经离地几十米之高。化整为零，化远大的目标为生活中一次进步一次考试的成功一次学习的突破，其实成功始终就在不远处向我们招手。

14.

成了"乙班"。甲班工人顿时斗志高涨，齐心协力要超过乙班。

在每周一次的例会上，经理总是轮流着称赞甲班和乙班，给人一种两班始终不分上下的感觉。甲班乙班都想以绝对优势超过对方，所以竞争一直不曾间断。

而公司的各类产品销量日增，人们交口称赞：甲班的馒头松软、可口，乙班的馒头有劲、耐吃，两班不相上下，各有优点。公司于是日益兴旺起来。

成功有时需要的只是一个恰当的方法，让我们感到时刻处在竞争之中。把十分遥远的成功转化为干好我们身边的每一件小事，并且充分相信这些事情的重要性。**这就像两个人从楼梯走向摩天大楼，把每一个台阶都当做成功来激励，会很轻松并且充满活力地走到最高处。**

当你向前左冲右突始终找不到出路时，当你认为自己真的无法走出目前的困境时，请不要灰心与失望，并不是成功吝啬，也并不是你不够努力，也许只是你的方向不对，因为你只需要一回头，便发现原来成功一直紧跟在你身后，从未离开片刻。从另一个角度入手，从小处着眼，也许你会发现另一扇可以打开的成功之门。

15

在一次体育课上，体育老师正在考核一群小学生有谁能跃过一米一五的横杆。几乎所有的学生都没有成功。轮到一名十一岁的小男孩时，他犹豫半天，一直在冥思苦想如何才能跳过一米一五。但时间不允许了，老师再一次催促他立即行动。

情急之中，他跑向横杆，却突发奇想，竟在到达横杆前的一刹那倒转过身体，面对老师背对横杆，腾空一跃竟鬼使神差般跳过了一米一五的高度。他狼狈地跌落在沙坑中，有些垂头丧气地低头等待批评。旁观的同学们都在嘲笑他的跌倒。

体育老师若有所思，微笑着扶他起来，并表扬他有创新的精神，鼓励他继续练习他的"背越式"跳高，并帮助他进一步完善其中的一些技术问题。而这位小学生不负众望，后来他在一九六八年墨西哥奥运会上，采用"背越式"的奇特跳高姿势，征服了二米二四的高度，刷新了当时奥运会的跳高纪录，一举夺取了奥运会跳高金牌，成为蜚声全球、赫赫有名的体坛超级明星。

他就是美国跳高运动员理查德·福斯伯。

在生活中有许多机会等待我们去把握和创造，有些时候也许仅仅需要我们一点点创新的勇气。当我们左冲右突不得突围之时，为什么不试试另外的途径呢？当你向前边寻找机会没有成功的时候，说不定成功就在你的身后。

成功并不一定需要多高的地位和多么令人瞩目的机会，有时，只需要一点点的心思与别人尚未注意到的细节。以小见大，做大事情从小处入手，要做到这一点其实真的不是那么容易的事情。尽管我们常常梦想高远，希望做出惊天动地的大事，但是往往更多时候没有多少大事真的需要我们去做，所以我们应该脚踏实地做好手中的每一件小事，从自己的一个优点切入，**成功，就在一些具体而微**的事情之中体现。

众所周知，羊毛衫、VCD 机、服饰等类商品，在当今市场上几乎都是打折最甚、商家自认为经销最困难的商品。因此，在这些商品上的竞争就更加激烈，许多商家都不肯放弃，结果往往是互相压价而最后两败俱伤。

上海市百一店羊毛衫柜台却在一年内卖出了七千七百万元的羊毛衫，全泰服饰公司卖"老爸、老妈衫"的中老年专柜全年销售额也达七百余万元，而虹口区新海腌腊制品公司则更绝，平均每天卖出近一百只火腿，其中仅一位售货员全年一人独得四百多万元的销售额。这些骄人的业绩均令其他商家大跌眼镜并且叹为观止。众商家纷纷明察暗访，企图弄清其中的奥秘何在，于是他们派人假扮顾客去几家商场打探虚实。

原来这几家商场并无独特之处，不是因为进价低，也不是因为卖价低，更不是依靠假冒伪劣产品。百一店羊毛衫专柜的邵开平在仔细研究了羊毛衫市场后发现，在打折的羊毛衫比比皆是的背后，是普通老百姓有钱买不到中意的商品。于是他另辟蹊径，推出二三百元的"夏天穿的羊毛衫"——丝光烧羊毛衫，虽然价位不低，但因为其独特而畅销一时。

全泰服饰公司的胡华伟在满街流行服饰大甩卖的吆喝声中，慧眼独具地营造出消费能力也很强的"老爸、老妈的衣柜"，备齐了各种身材的中老年人所需的尺码，结果在全国也闹出了名气。

虹口区新海腌腊制品公司的夏林枫已记不清去过火腿故乡金华多少次，掌握了从猪的饲养到成品出厂并延伸到烹饪、食用全过程。他对火腿的各种知识掌握得倒背如流，如数家珍。尽管他的商品价位不低，但因其对火腿的了如指掌，顾客自然盈门。

三家商场取胜的关键在于这三个人的聪明才智和用心，但更令其他商家惊奇的是，这三个人既不是公司的经理，也不属于决策层，他们只是三名普通的售货员。巨大的成功竟然掌握在售货员手中，这不是奇迹，而是商家战略运用得当的结果。

毫无疑问总经理是企业的决策者，但事实上一个商场最直接的经营者是售货员。售货员的素质和形象决定着企业的素质和形象，所以一个真正优秀的决策者除了努力把握市场行情外，取胜的关键还在于以小见大，从最直接面对消费者的售货员抓起。这就如一棵参天大树，根深才能叶茂。扎好了根，打好了基础，才能生长得更高更大。

生活中道理往往也是这样，有时候我们需要伟大的目标，但更需要的是切实入微的行动。生活的学问和商场的学问一样很大很全面，其实真正做起来也很小，很具体，具体到今天必须做什么和需要做成什么。

每个人通常只会有一个闪光点！不要埋怨自己没有其他人的种种优点，你总会拥有属于自己的一个优点，尽管小哪怕微不足道，也总是会闪光会引起人们的注意。关键是你要把自己的优点放大并且转化成最大的优势，不要渴望成为全才，抓住一点，在这个越来越细分的年代，以一个点获得胜利的例子举不胜举。除了善于发现自己的优势之外，保持一颗宽容的心拥有开阔的心胸有时也能决定一个人的高低。

这是一个专业化的时代，百货公司的衰落证明了这样一个不争的事实：商战的胜利往往决定在某一个焦点上。

美国著名的玩具反斗城发展之时正是百货公司日益式微之际。目前，全美玩具反斗城连锁店达六百一十八家，占玩具市场百分之二十二的销售量，在玩具市场上有着举足轻重的地位。此外，玩具反斗城的海外分店也有二百九十三家之多，在德国也是规模最大的玩具零售业者。

然而最初查尔斯·拉萨勒斯创办的却是一家儿童家具商店，由于经营不善只好改为儿童超市，经营各种儿童服饰、脚踏车等等儿童用品。但收效甚微，顾客往往会在众多的商品样式中不知所措，结果往往是转上一圈然后空手而归。查尔斯·拉萨勒斯决定改变分散经营的方式，把目光集中到一种商品上，于是他开设了一家规模更大、只卖打折玩具的店。

也就是说，他把所有的经营焦点凝聚在儿童玩具上。

玩具店的生意日益兴隆起来，那些想为孩子买玩具的父母们都来到玩具反斗城。因为这里买与卖的目的明确，各种玩具应有尽有。

　　很快玩具反斗城的规模开始进一步扩大，为了在某一点上更大地占据市场，查尔斯·拉萨勒斯广泛进货，多样性很快就使玩具反斗城占有五分之一的玩具市场。玩具反斗城的成功由此而来。查尔斯·拉萨勒斯的做法让人们明白：拥有一个市场的百分之五十的占有率比拥有五个市场的百分之十占有率要好得多。事实也证明了这一点，不同凡响的做法出奇制胜，难怪《福布斯》杂志称拉萨勒斯先生是"当代最有智慧的零售业者之一"。

　　我们常犯的错误之一就是我们常常以为自己是全才，可以样样精通。结果往往会适得其反，这样的一个道理我们应该明白：没有一种时间可以通用于世界各地，同样，没有人会具有符合各方面各行业的才华。如果仍需要进一步说明的话，不妨看一看全球五百大富豪名单，十大企业中有三家汽车公司、三家石油公司、一家电脑公司等，这说明并非什么行业都插上一脚才是成功的关键。

　　发现了属于自己的可以闪光的一个焦点，这才是通向胜利道路的至关重要的一步。

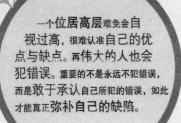

一个位居高层难免会自视过高，很难认准自己的优点与缺点。再伟大的人也会犯错误。重要的不是永远不犯错误，而是敢于承认自己所犯的错误，如此才能真正弥补自己的缺陷。

本田宗一郎是日本著名的本田车系的创始人，他对日本汽车和摩托车业的发展作出了巨大的贡献，曾获日本天皇颁发的"一等瑞宝勋章"。在日本乃至全世界的汽车制造业里，本田宗一郎可谓是一个很有影响的重量级人物。

但没有人是十全十美的。一九六五年，在本田技术研究所内部，因为汽车内燃机是"水冷"好还是"气冷"好而发生了激烈争论。因为本田是"气冷"的支持者，所以新开发出来的 N360 小轿车采用的是"气冷"式内燃机。

一九六八年在法国举行的一级方程式冠军赛上，一名车手驾驶本田公司的"气冷"式赛车参赛。在跑至第三圈时由于速度过快导致赛车失控，赛车撞到围墙上后油箱爆炸，车手被烧死。此事引起了本田"气冷"式 N360 汽车的销量大减。技术人员要求研究"水冷"式，仍被本田拒绝。一气之下，几名主要技术人员准备辞职。

本田公司的副社长藤泽感到事态严重，就打电话给本田本人："您觉得是在公司当社长重要，还是当一名技术人员重要？"本田在惊讶之余回答："当然是当社长重要。"

藤泽毫不留情地说："那就同意他们去搞水冷引擎。"

本田醒悟过来，毫不犹豫地说："好吧！"后来几个主要技术人员开发出适应市场的产品而使公司的销售量大增，这几个当初想辞职的技术人员均被本田委以重任。

一九七一年，本田公司步入了良性发展的正轨。一天，公司的一名中层管理人员西田与本田交谈时说："我认为公司中层领导都已成长起来，您是否考虑一下该培养接班人了？"西田的话很含蓄，但却表明了要本田辞职的意愿。

本田一听，连连称是："您说的对，不提醒我倒还忘了。确实该退下来了，不如今天就辞职吧！"由于涉及到移交手续问题，几个月后本田便把董事长的位子让给了河岛喜好。

一个人无论地位多高或者拥有多么巨大的成就，仍然不可避免地犯下错误，因为真理就是人无完人。重要的在于这一点：**当知道自己犯错误的时候不以向不如自己的人承认错误为耻，当下属提出要求自己辞职时不会认为下属有夺位之嫌。**两件小事决定了本田人生境界的高低，就如真理往往有时很简单一样，决定一个人品质高低心胸开阔与否也许就在生活的一举一动、一言一行中。 ▶▶▶

友情及材成

即使你**站在高山之巅**你也必须明白组成高山的是**一块块微小的石头**，没有这些石头，高山也不会如此之高大。**尊重别人是你赢得尊重的惟一方法**。不管你的事业如何伟大如何让人仰视，你也必须记住**再伟大的事业也是由每一个客户组成的**，他们才是我们事业的基石与缺一不可的组成部分。要想**优秀**，必须首先学会让自己自卑起来。

百事可乐的总裁卡尔·威勒欧普到科罗拉多大学演讲的时候，有一个名叫杰夫的商人通过演讲会的主办者约卡尔·威勒欧普一谈。卡尔·威勒欧普答应了，但只能在演讲完后而且只有十五分钟的时间。

杰夫就在大学礼堂的外面坐等，一边想百事可乐的总裁会不会对他传授一些商业上的经验呢？还是只是信口开河地教训他一番。

卡尔·威勒欧普兴致勃勃地为大学生们演讲，讲他的创业史，讲商业成功必须遵循的原则，不知不觉中时间已超过了与杰夫约定的见面的时间。他继续演讲，显然他已忘记与别人的约定。

正当卡尔·威勒欧普继续兴致很高地演讲时，他发现一个人从礼堂外推门进来，径直朝讲台上走来，一直走到他的面前，那人一言不发放下一张名片就转身离去。卡尔·威勒欧普拿起名片一看，是一名叫杰夫·荷伊的商人，而名片的背面写着："您和杰夫·荷伊在下午两点半有约在先。"他才想起答应过和杰夫会谈的事，一边是需要他说服并且灌输百事可乐思想的大学生们，他们是他企业发展的目标甚至是动力，而另一边只是一个名不见经传向他请教的商人。卡尔·威勒欧普没有犹豫，他对大学生们及听众说："谢谢大家来听我的讲演，本来我还想和大家继续探讨一些问题的，但我有一个约会，而且现在已经迟到了。迟到已经是对别人的不礼貌，我不能失约，所以请大家原谅，并祝大家好运。"

在雷鸣般的掌声中，卡尔·威勒欧普快步走出礼堂，他在外面找到了正在等他的杰夫，向他致了歉意后，便又滔滔不绝地告诉了杰夫他所想要知道的一切。结果，原来定好的十五分钟时间他们一直交谈了三十分钟。后来，杰夫成了一名成功的商人，他把这一段经历告诉了他的朋友，他的朋友们都对百事可乐产生了好感并决定经销和宣传百事可乐。

不论我们的目标多么伟大，或者有多少伟大的事业等待我们去做，一定要遵守自己的承诺并且去做好它。卡尔·威勒欧普的做法告诉我们，**要想赢得别人尊重，首先你要尊重别人**，不管你是公司的总裁还是一位普通商人，这同时也是**衡量一个人是否可以伟大的很重要的一个标准。**

友情及成长

一个人首先要**学会自卑**，因为自卑所以才始终**不会满足**，始终看到的只是**别人的长处**和**自己的短处**，所以才会不断地努力进取，以弥补自己的不足。在寻找自己缺点的过程中，我们渐渐成长并且有所收获。如果我们永远志满意得自我感觉良好，也许一直会看不到别人的优点和自己的缺点。有时，**失误就好比空气**，无时无刻不在提醒我们失败的种种可能。

这是人生课堂上很重要的一课。

一个人被公认为是全班最胆小最怯弱者。大学毕业时各人挥手告别，许多人预言十年后的相聚他将是最失败者之一。

十年后的相聚如期举行。当年许多意气风发指点江山的同学如今被生活改变成了一言不发的旁观者，许多才华横溢认为一出校门即可拥有一切的同学因苦苦挣扎而终无意料之中的成功有些垂头丧气，只有他，那个被公认为将是最失败者的他还是和当年一样平凡得如一粒尘土，不出众，不显眼，也不高谈阔论。

聚会到了高潮，每人依次上台讲述自己的现状和理想，还有对目前生活的满意程度。大多数人目前的现状不如当年跨出校门时的理想，而现在的理想明显地降低了规格并增加了实用部分，对目前生活满意者几乎没有。

他上台了："我目前拥有数家公司，总资产上亿元，远远超过当年走出校门时的理想。如果说还有什么遗憾的话，就是我认为我离那些我所欣赏的成功者还很遥远。是的，无论是在学校还是走向社会，我一直很自卑，感觉每一个人都有特长，都比我强。所以我要努力学习每一个人的特长，并且丢掉自己的缺点。但我发现无论我如何努力也总是无法赶上所有的人，所以我就一直自卑下去。因为自卑，我把远大理想埋在心底，努力做好手头的每一件小事；因为自卑，我将所有伟大目标转化成向别人学习的一点点的进步。进步一点，战胜一个自卑的理由，同时又会发现一个自卑的借口。永远让自己处在自卑之中，我就会获得源源不断的前进动力。"

长久的沉默。优秀者或平凡者明白了自己竟然失败于自信。因为自信，总认为自己比别人优秀，所以不肯虚心求教，看不到别人的长处；因为自信，目光一直看向远方，却忽略了脚下的道路应该一步一个脚印地走。

长时间的掌声。人们终于发现，在人生课堂上最有用的课程往往是大多数人都忽视的课程，**学会自卑，为了更好地充实自己；学会自卑，为了生命中期望已久的成功。**

成功往往来之不易，而**失败**却会很容易摧毁我们辛苦所建立的一切。所以如何避免失败是一件十分艰难的事情，有时一个判断就会导致失误，有时聪明也会带来失败。失败往往比成功来得更加迅速而且猛烈，有时处于成功之巅经历过无数次的成功也会因为一时的疏忽与自信而导致失误。

第二次世界大战之后，美国的两家最大的商业报纸《商业日报》和《华尔街日报》的发行量和影响不相上下，两家报纸展开了激烈的竞争，都想以绝对优势打败对方。于是两家报纸想方设法拉拢读者，都在报纸版面、内容等方面进行改革。

《华尔街日报》经过研究，决定以较小幅度的改变来维持老读者并吸引新读者。《商业日报》则不同，他们认为变化的事物更能吸引人们的目光，而且只有不断持久的更新才能立于不败之地。于是他们决定对报纸进行全面改版。

《商业日报》首先从股票图表新闻的改革开始，他们认为随着人们消费理念的逐渐成熟，股票将越来越不被人们所重视。而股票图表新闻不仅制作起来麻烦，而且成本又过高，还有一点，报纸的许多高层领导对此兴趣不大，所以他们认为公众对此的兴趣也会减弱。从一九五一年起，《商业日报》就取消了股票图表新闻，转而集中报道那些他们认为最有价值也最容易引起公众兴趣的范围较窄的商业新闻。

而《华尔街日报》则从此开设了这个专栏，因为他们预测公众会对此感兴趣。结果随着战后美国经济的复苏，股市的兴起，股票越来越成为公众最感兴趣的话题之一。《华尔街日报》凭借独家报道而大受欢迎，发行量与影响稳中攀升。如今它的发行量为一百七十五万份，而《商业日报》因为一个小小的股票图表新闻导致了现在的结果：发行量仅为一万七千份。

和商家一样，我们每个人都渴望不平凡的成功。但有一点我们常常忽略：**引导我们失败的往往是我们自己最自以为能够胜利的决定，而这些决定大多情况下只是我们重大目标中微不足道的一小部分，小到我们从来不会认为它就是失败的源头。**

成功没有绝对和永远，所以千万要明白这样一个道理：**现在的成功不代表以后的成功，一方面的成功并不等于另一方面的成功**。不管是成功还是失败，始终要明白自己的能力与专长局限，不要错误地认为自己学习成绩好就一定能够考上名牌大学就一定能够成功。有时两者之间并没有必然的联系。自信会导致失误，聪明也能产生失败。

22

　　八十年代中期，可口可乐是世界上最受欢迎的软饮料。可口可乐公司不满于现状，在进行了一次公众试验之后，可口可乐公司发现大多数人喜欢较甜的口味。这与可口可乐主要竞争对手百事可乐的饮料比较接近。

　　一九八五年，可口可乐公司决定打破现状，进行一次饮料配方的改革。在大肆宣传的情况下可口可乐公司宣布废除老配方，决定推出新配方，以迎合公众的口味变化。可口可乐公司的董事长罗伯托·戈伊苏埃塔对试验结果信心十足，信誓旦旦地把废除老配方的决定称为"我们有史以来最容易的决定之一"，而且会轻而易举地获得成功，改变人们对饮料的看法，并重新分配饮料业的所占份额。

　　与可口可乐公司的自信形成鲜明对比的是可口可乐公司最忠实的顾客们的不认同，他们拒绝饮用新饮料，并要求可口可乐公司换回老配方。

但可口可乐公司认为这只是暂时不适应，时间一长就会被大多数人认同。但事情与想象的完全不同；消费者的愤怒声越呼越高。三个月后，可口可乐公司屈服了，重新使用了老配方。但仍不甘心的领导层想让新配方与老配方同时使用，却遭到了同样强烈的反对。最终可口可乐公司完全抛弃了新配方，一丝未变地退回到了老配方。闹剧结束后，尽管可口可乐公司又恢复了辉煌，但由于自信造成的失误而带来的屈辱令可口可乐公司在震惊的同时感到一丝庆幸：消费者只是愤怒地反对，而不是愤怒地抛弃他们。

　　这实际上是对我们过于自信的一种打击，当我们在某一方面占有一席之地或拥有一定的发言权时，我们有时会过于乐观地估计自己在各方面的发言权和各行业的能力，会十分高兴地认为自己一定可以在各方面都有位置。可口可乐由于自信而带来的失误这样告诫我们：**如果你先是一名成功的演员，然后又著书立说，那么千万不要以为自己也会是一名著名的作家。**因为著名作家和成功演员之间并没有必然的因果关系。是什么就是什么，这才是真理。

有多少人能真正明白适可而止的道理呢？很多时候保持优势比新创品牌还要艰难得多。我们不可忽视自己已经拥有的成功，创新是一种方法，保持优势持续前进也是一种胜利。一定要相信自己的内心的真实。成功往往并无定法，聪明不一定会胜出，诚实也许会有收获。

23

　　七十年代初，在美国，施利茨酿酒公司曾是第二大啤酒公司，仅次于安霍伊泽－布施公司。它的啤酒产销量都使它在全美啤酒业中有着举足轻重的位置。

　　施利茨酿酒公司不满于现状，因为它们认为它们的利润太低。为了提高利润，该公司改变了它的酿酒工艺，将生产时间从十二天缩短为四天，大大地减少了生产周期。公司仍不满意，又以各种添加剂降低成本。结果效果出奇的好，此举丝毫没有影响它的销路。施利茨酿酒公司雄心勃勃，在初尝胜利的甜头之后决定再进行一系列的改革，使公司在销量第二的情况下利润上升为第一。

　　由于啤酒的保鲜期短，所以许多卖不出去的啤酒往往被经销商退回，这是造成利润降低的一个重要环节。施利茨酿酒公司决定进一步延长啤酒的存放期，它在啤酒中增加了一种可以延长啤酒存放时间的成分，准备借此大赚一笔。

然而不幸很快发生了。这种可延长啤酒存放时间的成分与早些时候添加的用以降低成本的成分发生了反应，使啤酒看上去像牛奶一样。在消费者的一片"我们喝酒不喝牛奶"的谴责声中，1976 年，这种本意是要存放时间长而利润高的啤酒被大批回收，同时回收的还有这家公司苦心经营起来的品牌形象。

　　施利茨酿酒公司由此毁于一旦，从此一蹶不振。

　　对商家而言，追求利益是永恒的，就如人生要不断地调整自己以获得最大的进步一样。问题是，当聪明的选择带来失败的后果时，也许只说明了一个道理：**任何人都应该量力而行，应该懂得适可而止的道理，贪心和贪婪永远是人生路途上最大最深最容易让人陷落的陷阱。**

　　但要明白这一点往往需要我们付出痛苦的代价。

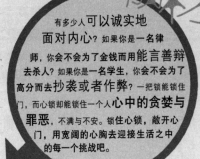

友情及成才

24

有多少人**可以诚实地面对内心**？如果你是一名律师，你会不会为了金钱而用**能言善辩**去杀人？如果你是一名学生，你会不会为了**高分而去抄袭或者作弊**？一把锁能锁住门，而心锁却能锁住一个人**心中的贪婪与罪恶**，不满与不安。锁住心锁，敞开心门，用宽阔的心胸去迎接生活之中的每一个挑战吧。

　　老锁匠一生修锁无数，技艺高超，收费合理，深受人们敬重。更主要的是老锁匠为人正直，每修一把锁他都告诉别人他的姓名和地址，说："如果你家发生了盗窃，而且是用钥匙打开家门的，你就去找我！"

　　老锁匠老了，为了不让他的绝技失传，人们都帮他物色徒弟。最后老锁匠挑中了两个年轻人，准备将一身技艺传给他们。

　　一段时间以后，两个年轻人都学会了不少东西，但两个人中只有一人能得到真传，老锁匠决定对他们进行一次考试。

　　老锁匠准备了两个保险柜，分别放在两个房间，让两个徒弟去打开，谁花的时间短谁就是胜利者。结果大徒弟只用了不到十分钟就打开了保险柜，而二徒弟却用了半个小时。众人都以为大徒弟必胜无疑。

　　老锁匠问大徒弟："保险柜里有什么？"大徒弟眼中放出了光彩："老师，里面有很多钱，全是百元大钞。"问二徒弟同样的问题时，二徒弟支吾了半天说："老师，我没有看见里面有什么，您只让我打开锁，我就打开了锁。"

老锁匠十分高兴，郑重地宣布二徒弟为他的正式接班人。大徒弟不服，众人不解，老锁匠微微一笑说："不管干什么行业都要讲一个信字，尤其是我们这一行，要有更高的职业道德。我收徒弟是要把他教成一个高超的锁匠，他必须做到心中只有锁而无其它，对钱财视而不见，否则心有私念，稍有贪心，登门入室或打开保险柜取钱易如反掌，最终只能害人害己。我们修锁的人，每个人心上都要有一把不能打开的锁。"

想一想，在我们周围不配做老锁匠的徒弟的人还大有人在！如果我们都锁紧心头的那把锁，当官者锁住私心杂念，经商者锁住坑蒙拐骗，杀人者锁住仇恨与凶恶，想想看，世界岂不是一个人间乐园？人生的最高境界是人格上的完美，在科技日益飞速发展的今天，除了物质上的进步之外，还应该去向老锁匠和他的二徒弟学习怎么样只管开锁而不去看保险柜里面藏了什么！ >>>

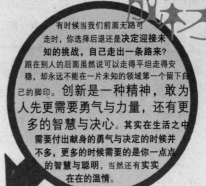

有时候当我们前面无路可走时，你选择后退还是决定迎接未知的挑战，自己走出一条路来？跟在别人的后面虽然说可以走得平坦走得安稳，却永远不能在一片未知的领域第一个留下自己的脚印。创新是一种精神，敢为人先更需要勇气与力量，还有更多的智慧与决心。其实在生活之中需要付出献身的勇气与决定的时候并不多，更多的时候需要的是你一点点的智慧与聪明，当然还有实实在在的温情。

　　他大学毕业后被分配到一所偏僻的山村中学教书。曾经的豪情万丈与豪言壮语无法突破大山的包围与沉默，在日复一日的枯燥无味的授课中，他的理想与志向消失殆尽。在如此高不可测的大山深处，在如此闭塞的环境中，一个人的力量毕竟有限，倾毕生之力又能有多大的作为？

　　在他进山的第三个年头，山里人对他彻底失望了。原以为盼星星盼月亮般盼来一个金子般珍贵的大学生可以改变山村数十年来没有一个学生考上大学的历史，谁知他的教学成绩一年比一年差，不比山村的教师好上多少。听到山村的人的议论，他不以为然，他们几代人都没有能冲出周围大山的阻挡，他一个外来者几年时间就想改变这里的一切？简直是痴心妄想！

　　是他来到这个山村的第四个年头，忽然有一天山洪爆发，冲毁了村中原先曲曲折折的山路。他急得不得了，因为每月他都要回到山外的家中住上几日，而如今交通一断，山村又没有电话，如此一来对于家人来说他成了生死未卜。

就在他应该回家的那一天早上，推开房门，院子里站了十几位学生家长和十几位学生，他们说："老师，我们送你回家。我们知道山上还有另一条路可走。"他喜出望外，跟在所有的人后面踏上了归途。

根本就没有路。他疑惑地跟在众人后面，问他前面的一名学生。学生告诉他，等他们这些人走一个来回，没有路的地方也就有了路。就在他正要问个仔细时，走在最前面的人一不小心跌落山崖。他大喊大叫着要去救他，被众人拉住。一个学生告诉他："老师，每一次山洪爆发都会冲坏我们的路，所以村中有规定，村中人必须轮流去踩路。每一次总有一个领路人，而领路人往往是有去无回。但所有的人都愿意当领路人，因为他用他的生命为后人踩出了一条路。"

在跟随人们走到山外面后，他没有回家又返了回来。每个人的脚印都是路的组成部分，一个脚印再加上若干脚印，重叠在一起就形成了一条崭新的道路。他终于明白了这个道理。

若干年后，当他的学生陆续考上大学飞向国外时，当他的脚印在三尺讲台上不知重叠了几千万次时，当村中每一个人都恭敬地称他为老师时，他对他的每一届新生说："我愿意作你们的领路人，让你们踩着我的脚印走出大山，走进大山外面的世界。"

一人一步一个脚印，许多人在一起就会有无数脚印，再加上前面有一个领路人，我们的路才会越走越宽，越走越平坦。这是生活教会我们的人生道理。

26

人们往往会注意到小细节对自己的影响，**注重自己的名字被别人所熟识所记住。**一个苹果对于一箱酱菜的价值来说肯定是微小的，更不会影响到酱菜的利润。但是因为**真心的投入与充满智慧的温情，**苹果被赋予远远大于苹果本身的价值而被顾客所认可。小事不小，苹果也能做大文章，就在于你有心还是无心，有没有另僻蹊径的方法与聪明。有温情苹果，自然就有温情贺卡。

　　经济大萧条时期，日本的许多中小企业纷纷破产，关门大吉。有一家酱菜店也受到了很大的冲击，老板仍惨淡经营，举步维艰。

　　老板不甘心从此失败，怎样才能从购买力降低而且日益挑剔的顾客中吸引更多的人呢？经过一番苦思冥想，他想到一个绝好的方法。老板命人去苹果产地预先订购一批苹果，在成熟以前用标签纸贴在苹果上，当苹果完全变红之后，揭下标签纸，苹果上就留下了一片空白。老板就这苹果身上大做文章。

　　很快，当周围几家酱菜店终于无力支撑倒闭之后，这家酱菜店的酱菜销量大增，顾客盈门，而且还扩大了生产。这一切令同行们百思而不得其解。

　　原来，这家酱菜店老板从客户名录中挑选出大约二百名订货数量较大客户，把他们的名字用油性水笔写在透明的标签纸上，请人一一贴在苹果的空白处，然后随货送给客户。结果几乎所有的客户都对这种苹果感到惊讶和受到感动，因为客户们认为商店真正把他们奉为上帝并且放在了心间。

　　送给每个客户一两个本地产的苹果，实际上花不了多少钱。但顾客接到这份礼物都十分感激，其效果不亚于又送了一箱酱菜。因为这一两个颇富人情味的苹果，使客户记住了这一家酱菜店。每当水果上市的时候，差不多就是他们同酱菜店订货的时候。

　　千万不要小看这一两个小小的温情苹果，它代表一种关怀和温暖，更是智慧和才华的体现。如果客户买上一箱酱菜而额外赠送他一箱酱菜，那么这个老板就是一个蠢才；如果客户买上一箱酱菜而额外赠送他一个苹果，那么这个老板就是一个人才；但如果额外赠送的苹果上留有空白并且空白处写有客户的名字，那么这位老板就是一个天才。

　　有时候，我们和天才的差距就体现在这一点点的细微之处，而天才的智慧往往也就表现在这些平常为我们所疏忽的小细节上。 ▶▶▷

生活小舞台，人生大智慧，就看你是不是能够想别人所未想，做别人不曾做的事。放每个人在心间，不管他（她）是不是重要或者熟悉。时间一长你就会发现，原来在心中的温情与关怀可以生根发芽，在一个不经意的时刻已经长成了**参天大树，为你撑起一片绿荫。**

药店是很难能招揽回头客的地方。一般情况下，一个顾客买上一次药，等到下一次生病时再需要买药时，早已忘记了原来药店的名字，所以药店想让顾客记住店名实属不易。

其实也不尽然。日本千叶县有一家石井药局，在办公室的墙壁上钉了 31 只空药盒，每一个盒子上标上一个月的日期。凡是来药店买药的顾客都会留下病历卡，石井药局就根据病历卡上的病人资料得知了每一个顾客的生日日期。他们为每一个顾客都准备了一张贺卡，在上面写道"您的健康是我们最大的心愿。如果您完全康复了，请告诉我们一声；如果您不幸仍需要用药，也请告诉我们一声，我们将竭诚为您服务"。如此充满温情与亲切问候的话语被分别投入不同日期的纸盒内，在顾客的生日的前一天寄出，顾客就会在生日的当天收到这一张让人感动的贺卡了。

当然顾客收到的不仅仅是感动和关怀。病愈的顾客会很满意地记住石井药局的大名；尚未痊愈的顾客会再次到石井药局购药。石井药局这一细致入微的举动赢得了所有顾客的好感，理所当然地让众多顾客铭记在心，随之而来是众多的回头客以及众顾客介绍的客人，石井药局由此声名大震并且财源广进。

在细微处体现温情的关怀，一张贺卡成就大事业。任何时候都不要忽视生活中每一个微不足道的小细节，因为生活小细节往往体现人生大智慧。商场如此，人生也如此。打动人心的可以是惊心动魄的力量，也可以是很简单的一举一动、一言一行，只要用心用智慧去做。

热情与多情有时候还有一个出现的时机的问题，时机不对，结果也许会适得其反。多情有时还需要一个合适的机会与时机，这就需要独特的眼光与善于发现时机的能力。成功的出现并非奇迹，是由于长期的爱心的积累与智慧的准备。

粮店的竞争也相当激烈。民以食为天，如果一个粮店拥有一群固定的客户，必定可以做到屹立不倒，因为粮食是一种人人永远需要的消费品。

正因为如此，众多粮店纷纷想方设法招揽顾客，展开各种形式的竞争。或优惠，或额外赠送，方法种种，最常用的一种是送货上门。几乎每个粮店都采取这种办法，每天派一部分店员扛着米袋挨家挨户地敲门问询客人是否需要粮食。久而久之，这一方法不但没有奏效，反而引来了恶名。

原因是众多的粮店纷纷敲门，而客人往往并非时时需要粮食。如此一来，三番五次地敲门就引起了人们的反感，不但生意没有成交，相反被人训斥和谩骂，实在是得不偿失。结果虽然众多粮店每天投入大量的人力物力去送货上门，而成交率往往不到5%，既浪费人力物力又浪费感情，最后导致送货上门的员工也产生了厌烦和退却心理。

而原德米店也同样采取送货上门的服务，在众多粮店纷纷打退堂

鼓时，原德米店的送货上门服务仍然十分兴旺，而且最为惊奇的是他们的成交率竟然高达百分之六十至百分之七十，好像原德米店的员工们个个有特异功能一样，往往在客人家中需要添米的时候就会及时出现，客人自然高兴地将送货上门的员工迎到门内。

原因何在？原来原德米店经过一段时间的摸索，记清楚了每个客人的家庭人口和日用米量以及上一次买米的日期，有了这些数据，剩下的只是一些简单的数学计算了。所以原德米店每天送米的只有七八个员工，却几乎人人都能成交，很快就在当地树立了良好的口碑。

如果大家都一拥而上通过一座独木桥去到达对岸，势必会有许多人被挤下水。但如果有人发现原来河中还停泊着一条船，跳上船，挥动双桨划到对岸，这同样是成功和胜利。事情的关键在于在别人都不注意的时候低下头来想一想，一低头，就会发现同样的地方还有另外的路可走。

在任何环境或者困境中都不要失去你的**爱心与关爱**，去关怀与帮助不如自己甚至比自己强上百倍的人，把人类的爱心发扬光大。也许你并不知道，**有时成功也会伪装一下，在一些微不足道的小事上试验你的爱心与品德。**与许多伟大的人物相比，我们也许所做的有影响的事情毕竟有限，可是谁又知道你身边的一个藉藉无名的人不会成为一个有影响的人物呢？

因为失业，比尔一直愁眉不展。在又一次求职失败后，比尔驾车返回家中。途中路经一片小树林。林深叶茂的树林鸟语花香，景色优美，比尔却无心欣赏。受生活所迫，比尔已失去了快乐的根源，一切他都视而不见。

且慢，比尔发现了路旁罕有人迹的树木折断了不少树枝，明显可以看出是外力所为。除了人，不会是风雨或者别的什么。比尔真想咒骂这些无聊的人。但他仍没有停下来，继续赶路。

比尔终于停在了一棵惨不忍睹的树面前。光洁的树干被利刃划了数不清的伤痕，有的地方还被刮去了一大块皮。比尔觉得疼惜，接着他又发现有几行脚印踏碎了自然生长的完美而走向树林深处。一定是这几个人干的，比尔想不能放过这些家伙。比尔想告诫自己不要多管闲事，自己正在为明天吃什么而发愁，哪里还有闲心管这些闲事，但比尔又反驳自己：这不是闲事，这些天然的树木不容许人们践踏。比尔决定跟上去看个究竟。为了避免被发现，比尔放慢了步伐，轻轻地前进，小心翼翼地踏着前面的脚印行走。比尔不想再伤害这些无辜的植物。

树林深处有一栋木屋。木屋门窗紧闭，没有动静。比尔怕惊动屋中的人，依然蹑手蹑脚地接近木屋。终于比尔将脸贴在了窗户上，向里观望：几个人手持手枪，正在威胁一个被绑得结结实实的人。

比尔大吃一惊，绑匪！比尔开始心跳加速，不及多想，更加小心地顺着原路返回。回到车上，比尔就迫不及待地拨打移动电话报警。

果然是一群劫匪！警察将劫匪全部抓获，而劫匪们所绑架的竟是当地最著名的亿万富翁！更主要的是，这件案子警察费尽了力气也没有破获。所有的人都认为这是一个奇迹，比尔交了天大的好运。比尔不仅受到了警局的表彰，而且亿万富翁还亲口承诺要么给比尔一大笔钱，要么给他找一个好工作。

出人意料的是，比尔接受了警局的表扬却谢绝了富翁的慷慨。比尔对所有的人说："这并非奇迹，因为我本来不想停车，但我实在不能忍受人们践踏美好的大自然的一草一木。又因为我爱护树木，跟踪时轻手轻脚才没有被劫匪发现。我所做的一切只是想亲眼看看到底是谁如此粗俗地破坏这一切。结果我发现他们是绑匪。"

最后的结果是，富翁买下了这一片树林，将这片树林改造成森林公园。比尔成了这个公园的管理者。森林公园的名字叫"并非奇迹，这全是大自然的馈赠！"

对于比尔来说，发生这一切也并非奇迹，而是因为比尔的爱心，在任何困境下都不曾失去的人类的爱心。▶▶▶

友情及成材

比作品更永恒的是**爱心与美德**，所以在面临选择时我们一定要把**自己人生中最精华最美好的东西传给别人**，让这种美好代代相传，影响所有可以影响的人，并为此而骄傲自豪。生命在追求平等与自由，追求快乐与幸福，可是往往我们失去的比得到的更多。**失去美好**就把美好留给他人，**失去丑陋**就让丑陋永远消失。

二十世纪初，谢伍德·安德森是美国著名的作家。他曾写下广受赞誉的小说《俄亥俄州瓦恩堡镇》，影响了许多年轻的一代。

一九一九年，一位在欧洲大战中受伤的年轻人搬到了芝加哥的一处公寓，住在了离安德森很近的地方。他经常和安德森一起散步，和安德森谈文学、人生以及写作技巧。这个年轻人是读了安德森的作品后才感到文学力量的强大的，但当他和安德森接触后，安德森为人处世的观点更深地影响了他。尤其是安德森毫无保留地向他传授写作知识，教他如何更准确地表现人物和内心，如何抓住命运的关键部分。

后来年轻人离开了芝加哥，安德森也搬到了新奥尔良。几乎和上次一样，一个同样受安德森作品影响的年轻人慕名拜访了他，并虚心地向他求教。安德森一样毫无保留地帮助他，不仅是在文学方面，还把他介绍给自己所认识的出版商，帮助年轻人出版了他的第一部小说。

许多年过去了，安德森从未拒绝过每一个向他求教的年轻人，他不遗余力地帮助他们修改作品，把他们推荐给出版界的朋友，用他的

作品和人格影响了许许多多读者和著名作家。著名的文学评论家考利称赞安德森是"那时代中惟一把他的特色和视野流传到下一代的人。"

有必要补充一下前面那两位年轻人的情况。第一个年轻人在一九二六年发表了他的第一本小说，为他赢得了广泛的赞誉。作品的名字是《太阳照样升起》，而年轻人的名字是海明威。

第二位年轻人在安德森帮助他的几年后写出了享誉全美的杰作《喧哗与骚动》，他的名字叫福克纳。

许多人不明白到底是什么原因使安德森如此慷慨，愿意把人生最宝贵的东西——时间和写作技巧传给年轻人？也许这是一个答案：安德森曾受教于另一前辈作家，伟大的德莱塞。

好作品可以指导我们更积极地对待人生，而伟大的人格带来的影响深入灵魂和心灵。还有什么比这更能表现出人生的价值呢？把自己最美好的品德和最擅长的技巧无私地传承给需要它的人，这种人类的美德比任何作品都永恒。

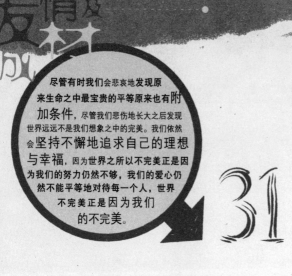

尽管有时我们会悲哀地发现原来生命之中最宝贵的平等原来也有附加条件，尽管我们悲伤地长大之后发现世界远远不是我们想象之中的完美。我们依然会坚持不懈地追求自己的理想与幸福，因为世界之所以不完美正是因为我们的努力仍然不够，我们的爱心仍然不能平等地对待每一个人，世界不完美正是因为我们的不完美。

31

男孩小凯是个有些智残的儿童，所以小伙伴们要么对他敬而远之，要么群起攻击，总之没有人肯真心真意和他一起玩儿。因为大家都看不起他，他有时连一只手有几根手指都分不清。

后来，又有一个非常漂亮的小女孩加入了进来。所有的人都喜欢小女孩，都想和她做最好的朋友。小女孩也不拒绝，和每一个人都交上了朋友，和每一个人都玩得开心。

忽然有一天小女孩发现了男孩小凯，就惊讶他为什么老是一个人玩，而且安静得不发出一丝声响。伙伴们告诉小女孩他是个傻瓜，他什么都不懂，别人让他做什么他就会做什么。

那他多可怜呀，一个人孤零零的！小女孩动了恻隐之心，撇下小伙伴们一个人去找男孩小凯。起初小凯对她的介入不闻不问，小女孩也不灰心，继续细声细语地和他说话。一天、两天过去了，终于男孩小凯抬起头来，含混不清地说出三个字："好姐姐！"

此后，好姐姐就成了小女孩在小男孩心中的名字。他和小女孩在一起开心得大笑，开心得在地上打滚，开心得愿意为好姐姐做她要求的任何一件事。

渐渐地，小伙伴们都长大了，都知道了人生中的一些幸与不幸，也知道了当年对待男孩小凯的方式是一种歧视与错误。小凯也已长大成人，他几乎就是一个正常人，幼年时的反应迟钝已荡然无存。

当年的小伙伴们不经意间聚到了一起，大家都对小凯说着同样抱歉的话，希望小凯能原谅由于他们的年少无知而给他带来的伤害。小凯用微笑宽容了每一个人，他告诉众人他一生都在感谢好姐姐，是她在他幼小的心灵中灌注了平等和自爱的种子，所以今天，他才有自信有能力平等地与大家站在一起。

众人这才想起当年那个最漂亮的小女孩，可是她如今身在何方？小凯解答了众人的疑问："好姐姐在温暖花开的天堂！她当时就患上了白血病，生命不会超过半年。但她用一个月的时间就教会了我关于生命的一切：平等、博爱、善心和怜悯。直到今天我才知道她肯和我在一起而没有歧视我的原因：和你们在一起，我得到的是居高临下的怜悯；而和她在一起，因为她无法治愈的疾病与我的智残，我得到的是平等的关爱与交流。而对于当时的我来讲，最需要的是平等而不是怜悯。"

许多人开始明白，**生命中的不平等是多么的平常，而真正的平等又是多么的来之不易**。不是我们忽视了平等，而是太多时候我们夸大了自己的优点，刻意认为自己比别人优秀，并且总会固执地去寻找别人的缺点给自己以安慰。**真正能做到平等的又是因为双方的处境或条件相当，这也许真是一种无法回避的真实的悲哀**。>>>

一棵草也会有属于自己的一滴露水，不要忽视每一个人的梦想与追求，尽管他们的梦想卑微并且渺小，甚至有些可笑，但不可否认的是一个人心中的美梦就是他的全部世界与快乐源泉，我们理应尊重生命选择快乐的方式与权力。

32

萍水镇上有一个傻女人叫王芳，她虽然傻但是傻得善良傻得可爱，不骂人不打人，只是喜欢一个人静静地呆着。如果有人主动和她说话她会显得很害羞，低着头小声地回话。王芳嫁给了一个老实巴交的铁匠。她给铁匠生了一儿一女，聪明可爱得让人羡慕。

平时铁匠打铁王芳就拉风箱。她像一个长不大的小女孩总是低着头不说话，只有当她抬头时人们看到她脸上不正常的笑才会知道她的弱智。其实王芳不能称为傻子，她也许并不傻，只是不喜欢向别人表现自己的聪明罢了。

不过镇上的人都喜欢拿王芳开玩笑。问她打铁好不好玩，问她为什么会生出这么聪明可爱的儿女来，是不是不是她生的。不管什么样的玩笑王芳都只是笑，从不生气也从不反驳别人的说法。只是有一点，王芳喜欢电影《英雄儿女》中和她同名的王芳，她认为电影中的王芳是世上最美丽的女人，是她的偶像，而且王芳也常常拿镜子照照自己有多少像电影中的王芳。

人们知道了这件事后就拿王芳和王芳开玩笑，只要有人说一句她长得像电影中的王芳，王芳就会高兴一整天，脸上的笑容像一朵迎风怒放的花儿灿烂无比。渐渐地镇上所有的人几乎都知道了王芳的心事，人们都和她开着同样的玩笑，有人说她的鼻子像王芳，有人说她的眼睛像王芳，不管怎么说不管怎么样重复，王芳总是好像是人们第一次夸她一样高兴，而且是发自内心的不掺一点虚假的快乐。

　　一个人能有多少发自内心的真正的欢乐呢？王芳就有。她只是固执地认准了这一点，只喜欢一个偶像，只希望自己漂亮一点点。这是一个人无论正常聪明还是弱智都会有的源自心灵深处的渴望。

　　人们开玩笑久了，终于失去了新鲜感。而王芳却不这样认为，她开始对人笑希望别人还像以前一样把说过一百遍的话再重复一遍。没有人会这样做。终于有一天，一个年轻人觉得王芳太傻，会抱着一句话傻笑那么多年。他故意对王芳说她长得不像王芳，一点也不像。王芳先是一愣，然后她摇摇头表示不相信年轻人所说的话。年轻人为了证实自己的说法，找来了几个小孩子一起对王芳说她长得不像王芳。王芳这一下相信了，当着所有人的面哭了起来。她哭得是那么伤心，仿佛是最心爱的东西被人夺去了一样。

几天后人们惊奇地发现王芳又恢复了以前的快乐。有人去问王芳原因，王芳告诉他们虽然她长得不像电影中的王芳，但是她心目中最美的女人王芳还是那么美。自己长得不像又有什么关系呢。年轻人听了就又跑去告诉王芳电影中的王芳其实长得很丑，只是她一个人认为漂亮，其他人都认出王芳不美丽。年轻人还像上一次一样找了几个孩子来证明，不料这一次王芳不再相信他们，只是对他们也是对自己说："王芳最好看，最好看。"

　　年轻人心生一计，他找到一张王芳的照片，用黑墨水在上面描得面目全非拿给王芳看，告诉她这就是现在的王芳。王芳接过照片后没有哭也没有笑，只是呆呆地看着，一言不发。年轻人认为自己终于让一个傻瓜相信了自己，十分高兴地走开了。

　　谁也没有想到的是第二天就传来了王芳的死讯。她是上吊死的。死得很难看的王芳手里紧紧拿着那张被篡改的照片。

　　同情不是讥笑，而关心弱者也不是让他们强大并且知道事情的真相。相对于生命中的快乐而言，有时人性的意义更大于表面的关爱和帮助。就如王芳因为梦想破灭之后的死让我们知道，人生之中有许多事情不是我们所能理解全面的，尊重每一个人的选择，即使他是一个傻子！因为就算是一棵草也有自己生存所喜爱的环境和所喜欢的露水。更何况一个活生生的人呢？**人性的意义很多时候让我们感到沉重，**但正是因为如此才会让我们懂得该如何更好地去尊重并且了解一个人。

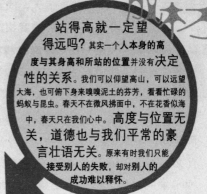

站得高就一定望得远吗？其实一个人本身的高度与其身高和所站的位置并没有决定性的关系。我们可以仰望高山，可以远望大海，也可俯下身来嗅嗅泥土的芬芳，看看忙碌的蚂蚁与昆虫。春天不在微风拂面中，不在花香似海中，春天只在我们心中。高度与位置无关，道德也与我们平常的豪言壮语无关。原来有时我们只能接受别人的失败，却对别人的成功难以释怀。

33

有一档电视节目是专门介绍登山的技巧和登山者的情况的，我很喜欢这个节目。看着高山寒雪之上，在巨大的空旷与孤独中穿行的登山者是如何的勇敢与精神。尤其是成功的登山者，他们站在高山之巅，站在许许多多的人未曾达到的高度挥舞着胜利的旗帜欢呼。我心也为之震撼，茫茫雪山，众人无法企及的高度，只有他们是胜利者和高高在上的英雄。

一天，我照例从一台无聊的古装连续剧换到这档节目，这一次报道的是一起登山者的事故。镜头闪动，一望无际的雪野上躺着殉难的登山者，白雪红衣格外醒目，刺痛了人们的眼睛。而死者仍保持着向上攀登的姿势。

电视中的报道十分简洁，登山者中大约有五人丧生。除救援不得力外，最主要的原因是陡变的天气。播音员的语气平静，语速缓慢，没有悲伤与喜悦，只有与己无关的叙述。

我则不同，我关心的是这些经验丰富、随队出发的登山者怎么会有如此严重的失误，而其他的队员为何在得知他们失踪消息后的第五天才去寻找他们的下落。五天，找到的当然是尸体。

电视节目没有做更多的深度报道，只是在最后采访了登山队的领队。领队面无表情地说："当时我们认定他们会自己回来，而且后来天气又转好，所以我们先下山。等了几天，才意识到他们有可能在天气突变时处理不当，我们马上派人去救援……"背景是救援的场面，一些队员冷漠地抬着死难者的尸体，像是在抬着一节木头。记者把话筒伸向一名队员，问："听说你下山时曾经遇到一名队员的尸体，为什么没有及时通知总部？"队员有些不耐烦地说："登山死几个人是很平常的事情，你们非要搞得这么轰动。当时我离山顶只有几步之遥，不可能马上返回去通知总部。反正人已经死了，早一点迟一些又有什么区别呢？"

穿着厚厚的防寒服的队员一定不会感到寒冷，但我觉得他们的心灵在冰天雪地中却被冻得麻木不仁了。对自己队员的失踪置若罔闻，对朝夕相处的朋友的尸体视而不见，我不知道这些人站在高山上是否愧于自己登山的高度。

自此，我再也不看这档电视节目了，尽管我知道这样的事情也许只是个例，只是心中的美好一旦被破坏就很难恢复如初。是的，他们凭借顽强与拼搏站在了我们中绝大多数人从未也不可能到达的高度。但他们的高度只是因为他们站在高山上，与心灵和人格上的高度无关，与一个人在平地上站立所能达到的人生的高度无关。对于这一点，我们中的更多数人会明白：**一个让人们在人格上尊重在心灵上仰望的人，永远与他所处的地理位置上的高度无关。**

就好比一个学习成绩好的学生犯了**一个低级错误**，却引来了**差生的平衡与满足**。这不是我们所应持有的态度。真的不必为别人的错误而欢喜或者生气，**一颗平常心**可以给**我们带来更多的意外与惊喜**。生活复杂而且永远会隐瞒部分真相，我们只需要坚持做好自己，让自己保持一种向上的心态与进取心，即使这个世界向你呈现出失望的另一面，你也**会坦然面对，欣然接受。**

34

我所居住的小区曾经有一名很有名气的歌星，我目睹了她从默默无闻到一步一步走向辉煌的全过程。

每个人都是从最底层做起的，她也不例外，刚开始时在所在的歌舞团属于小字辈，一切论资排辈的事都与她无关。她从不无事生非，总是多干活少提要求，时间不长就博得全团上下的交口称赞。就这样一连干了几年，工作上的成绩没出多少，原因并不在于她没有才华，也许仅仅是因为没有机会。但她的勤奋和只奉献不索取的精神让全团上下包括领导们过意不去，最后领导们一致决定评选她为德艺双馨的全团典型。德艺双馨，她应该只符合其中的一条，艺术成就从何而来？就这一点受到了许多没有得到这个称号的人的嫉妒和攻击。一些人认为她愧对这个称号。

很快，机会降临到了她的头上。有一著名的作曲家来到团里，不经意间听到她的歌声，不由得大加称赞。作曲家找到她，声明要专门为她量身定做一些歌曲，对她进行包装和宣传，问她是否愿意。对于作曲家来讲，他是为唱片公司服务，是为了实现经济效益。对于她来讲，这一切不啻为天降福音，如果成功，她的人生将从此改写。她坚定地点头答应，下定决心如果团里不同意，她就坚决辞职。

虽然目前来讲她在团里乃是无足轻重的人物，但团里坚决不让她和别的唱片公司合作，原因很简单：你是我的人，我自然不放，要不我多没面子！这是她预料中的结果，毫不犹豫她就甩下辞职报告走人，不顾背后的领导是如何的怒不可遏和目瞪口呆。

果不其然，慧眼识珠的作曲家一首歌曲就让她一举成名天下知。接着又有几首歌曲刮起了流行旋风，彻底地奠定了她在歌坛的地位。再后来她出唱片销量不俗，拍电视剧反应不错，拍电影也获过大奖，成了大红大紫的一颗新星。很快就搬到了北京居住。

团中的人们对此表现不一，年长者多半不置一词，年轻者对她羡慕不已，而领导一听到她的名字就脸色发青。

终于有一天她从北京回到了这个城市，不是故地重游，是为她的新唱片做促销活动，在此之前她已开始屡屡出现在电视广告里，为这家企业推销洗发水，为另一家企业推销饮料，等等，每天晚上的广告里她都忙得不亦乐乎。

在记者见面会上，她被记者质问拍如此多的广告是否纯粹为了挣

钱，在提倡艺人德艺双馨的今天这样做是否完全出于经济利益的考虑？她有些愠怒，但仍镇定自若地顾左右而言他。她声明时间很宝贵，不想回答与促销活动无关的问题。

第二天，全团的人喜气洋洋地上班去，都重复着她昨天的窘态。领导一反常态地主动提到她，用她来教育大家不管一个人地位有多高，首先要在道德上严格要求自己。她虽然成了名，但现在为了钱经受不起在道德上的拷问。全团的人终于又找到了可以攻击她的理由，德艺双馨，她歌唱得很好听，戏演得也不错，可是为了钱就没有道德地乱拍广告，她哪里配得上德艺双馨？

原来生活是如此真实地逼近我们每一个人。我想这也是我们每个人人性中的弱点：**我们或没钱或社会地位和名声不如别人时，我们觉得自己道德高尚。**而如果有一天我们也成名成家，也许我们也会感到在市场经济的今天，拍广告或别的社会活动都是无可厚非的商业活动。而我们一直引以为荣的道德，很多时候被误解为高尚和清贫的同义词，还有很多时候被我们虚伪地利用为自我安慰和寻找心理平衡的借口。往往是这样，在拷问道德时，人们总固执地认为在社会上处于劣势就一定在道德上处于优势。但这并不一定就是事实和真理。

世界不是我们想象中的单纯，也许真相会被隐瞒，也许希望会带来残酷的失望与伤心的泪水。不管怎样，在对与错面前我们必须坚持住自己的信念与信心，保持住善良与正直，为最后的胜利祈祷。

35

爸爸不幸去世，女孩的妈妈为了生活不得不再次嫁人。女孩的继父是一个面目可憎说话粗声大气并且脾气暴躁的人，酗酒、打人骂人、不事家务不养家，只是每日早出晚归，不知道忙些什么。女孩特别惧怕继父，总是躲得远远的，唯恐避之不及。每次继父见到女孩躲他，跑得快的话还好，跑得慢的话肯定会抓住她打上几下，然后恶狠狠地说："跑什么跑？难道我会吃了你不成？"

女孩痛恨继父，恨得咬牙切齿。然而命运总是与人周旋，不久女孩母亲得病去世，除去巨大的悲伤之外，女孩不得不日夜面对继父的冷眼与每日的打骂。继父没有工作，从不往家里拿钱。女孩只好弃学自己去打工养活自己。前途一片渺茫，女孩心中无限凄凉。

忽然有一天女孩意外地收到了一笔汇款，地址和寄钱人的姓名都是假的，只是在附言栏内写道：去上学，学费。女孩心中的感动无法言说，重新步入课堂，以全部精力投入到学习之中。女孩心中只有一个念头，就是以良好的成绩来回报这位资助她的不知姓名的好心人。

汇款月月寄来，有时三百元，有时五百元，多少不定，总之女孩的生活与学习已经足够无忧了。继父仍然和以前一样对她动辄呵叱，从未有过好脸色给她。女孩也当他不存在一样，反正心中有了温暖的力量和源泉，有了好心人在背后默默的关怀与支持，继父是不是凶恶和冷漠已经无关紧要。只要心中有希望，女孩相信终有一天会看到阳光与彩虹。

　　继父得了不治之症，女孩暗处庆幸终于可以摆脱这个恶魔了。弥留之际，继父拉住女孩的手说："孩子，爸爸再也坚持不住了，你以后就要全靠自己了。"在收拾继父遗物的时候女孩甚至轻松和高兴，然而有一个信封让女孩惊呆了：信封里全是一张张的汇款收据和一份份卖血证明以及一些工资单，汇款收据一张张对应的全是女孩所收到的汇款。女孩不敢相信自己的眼睛，原来好心人竟然是被自己一直视为恶魔的继父。为什么会是这样？刚刚充满希望的女孩突然放声大哭起来，失望的是不愿意相信好心人是继父还是不甘心继父竟然是好心人？或者悲伤的是继父的去世，而自己一直没有体会他的苦心？所有的一切让女孩难以面对世界另一面的真实。

我们对这个世界应该永存着美好的希望，即使有时候我们的善良和爱心被人不怀好意地利用。但我们还是坚信，阳光终会扫除映照之下的一切阴霾。

36

　　一对恋人从海誓山盟走进了婚姻，两个人一起到异乡闯天下。面对现实的纷杂与物质的诱惑，两个人都坚持自己的底线，不肯做丝毫让步。终于两个人有了自己的事业，拥有了成功与财富。丈夫相信妻子，一切交由妻子打理，财务以及公司的运营等等丈夫不多过问，以一种功成身退的心态退隐做起了自己喜欢的学问。醉心于学问的丈夫开始从妻子处听到越来越多关于公司不景气的说法，他劝妻子不如见好就收，反正现在赚的钱已经够用。妻子不肯，始终坚持公司的运作，最终公司破产了。妻子告诉丈夫欠了许多债，为了不让丈夫背上债务，她决定和他离婚。丈夫自然不肯，妻子始终坚持，并称如果两个人离婚还可以保住丈夫名下的财产。在妻子的劝说和种种说辞下，丈夫终于同意了假离婚，为了保住最后的财产和对妻子的感激。离婚后妻子很快从丈夫视线中消失，原先的复婚承诺如一缕轻烟不见了踪影。丈夫不解，以为妻子怕他承担债务，心中充满感动与嗔怪，四处寻找妻子。

终于还是让他找到了妻子，不过她已经成了别人的新娘。新郎他不认识，不过听别人说新郎从前默默无闻，突然之间就拥有了一家资产超过千万的大公司，据说是新娘的陪嫁。丈夫才明白一切的来龙去脉，原来妻子早已经背叛了他，却依然利用她的伪装与他的善良精心导演了这一出资产转移和假离婚的闹剧。丈夫悲伤欲绝，不是为了可以分得的一半财产，而是妻子对他精心的爱的欺骗与良心的隐瞒。世界是如此的让人失望，丈夫的善良和希望换来的竟然是妻子用心设计的圈套，丈夫感觉到了失望的世界是如此的残酷与不近人情。

　　希望与失望是一枚硬币的两个面，不可或缺又密不可分。当我们对世界充满希望与期待时，也许展现在我们眼前的会是这个世界最悲伤最真实的失望的另一面。最重要的是不管世界以何种姿态面对我们，在我们心中也许会有永恒的追求与梦想，尽管有时失望大于希望，尽管有时快乐小于悲伤，但是正是因为这失望的另一面的真实与残酷，我们会更加清醒更加冷静地面对纷扰假相，让世界充满爱的同时也理解恨的原因与意义。

友情及梦想

在对与错的选择上有时我们需要走很远的路转许多弯才能发现最终的目的地，这不要紧，只要持之以恒，只要有足够的耐心与勇气，我们还是能够走到胜利的彼岸的。问题在于我们必须坚持正确的方法与信念，不要松手和放弃，生活就会还你一个不可思议的成功与奇迹。

37

　　从一开始他就以为自己错了，但他始终不肯向朋友认错，不是因为他不想认错，而是他觉得也许他能找到一个合适的办法让开始的错误变成最后的正确和胜利。朋友劝他："别再痴心妄想了，快干些正经事儿吧，没有人会花钱去买你的大杂烩！"

　　朋友所说的大杂烩就是他的梦想。他梦想有朝一日能够发行自己的杂志，杂志的风格定在关怀人生和弘扬人道主义以及人间亲情上。他的想法很奇特，他不想发各地作者的自然来稿，而是想从别的报刊上摘选精品，然后汇聚到自己的杂志上。朋友一听这个主意就笑他太笨，声称别人发过的作品已有不少读者看过，还有谁会再花钱买你的全是在别处发过的作品的杂志！他反驳朋友说："一个人不可能浏览完所有的报刊，而我做的正是这样的一件事——让每个人都看到各地的报刊精品。"朋友还是不相信并且不支持他。

　　他不灰心，决定将错就错，把别人的错误变成自己的正确。他找到出版社，说明了自己的来意。出版商毫不留情地否决了他的想法："这不可行！这本来就是一个错误的决定，我劝你还是放弃这个想法，重新找一条路吧！"

受到了一系列的打击，他有些心灰意冷，也有些动摇：真的是错误的梦想吗？但他还是对自己说：也许现在为时尚早，但终有一日我会证明给别人看，错误只是一个相对的概念，在适当的时候，错也会变成对。

　　当时是一九一零年。后来他开始了漂泊生涯，颠沛流离间，他一直没有放弃被人否定的错误的梦想。直至有一天他遇上了他的妻子。

　　妻子在得知他的想法后十分赞成，鼓励他大胆去做，不必顾虑别人的反对。于是他开始着手去做每件事，先是摘选作品，然后给潜在的订户发征订单。一切都在有条不紊地进行。终于他等来了这一天，一九二二年，他的杂志创刊了，受欢迎的程度大大出乎所有人的意料，连他都难以置信会有这么多的人认可他的错误！他成功了，被几个朋友和一些出版商否定的错误，最终被大众所认同，成为正确和胜利的标志。

　　他叫华莱士，他创办的杂志是美国的《读者文摘》。如今，这个最初错误的梦想至少被十八种语言传播着，全世界有许多个国家和地区的读者都可以看到它，并对它交口称赞。

　　对与错的选择有时就是这样的不可思议。你相信自己的坚持还是相信众人的反对？如果握在左手是错误，那么为何不放到右手，换一个时间和地点，或许一切会恰恰相反。而且，不论梦想在哪个手中，记住，一定不要松手。像华莱士一样，将一个对与错的难题珍藏了十二年后又选择了自己，最终他还是胜利者。✕✕✕

第三章

爱情是朵向阳花

爱情到底是什么?

一千个人会有一万个答案。

爱情其实只是一朵向着阳光生长的花,她需要合适的季节与适当的阳光才能美丽地盛开并且散发出诱人的芳香。如果季节不适合阳光不充分,即使勉强开花也不会长久,也许会很快凋零并且枯萎。你是选择等候最美的季节开放你的爱情还是过早地打开你的爱情之花,让她在没有能力之时在风雨之中凋零呢? 相信聪明的你会有一个正确的选择。

爱情是一朵朵花

恋爱是一件十分美妙的事情，并非是指海誓山盟，也并非是花前月下，而是两个人心的默契与共鸣。爱无大小，随心而变。事无大小，处处有情。如果你真的爱一个人，就一定记住他（她）的需求与喜好。即使是在散步时也让对方体会到爱原来真的是无处不在无时不在。

有一个女孩一直找不到合适的对象——并非她长得丑，并非她条件苛刻，也并非她有太多的要求，究竟是什么原因？女孩自己也无法说清。

后来又有人给她介绍了一位小伙子。小伙子文质彬彬，正是女孩喜欢的那一种。她对他产生了好感。两人交往一段时间后，女孩又陷入了苦恼之中：她对他的感情一直处于初级阶段，她本有意与他深入发展的，但感情似乎不允许她这么做。女孩总觉得两人之间还欠缺一点什么。

有一次，她到他家吃饭。人很多，桌子有点小，所以人与人之间挨得很近，碰杯举筷之间多有不便。女孩吃了几口菜便不再举筷，只怔怔地发愣。他起身离席，与女孩身边的人换了个位置——他坐在她的左边，并且两人之间隔开了一定的距离。

一瞬间，女孩的心因他这个小小的举动而充满了爱和温暖。感觉终于告诉她，他就是她一直期待的那一个。

以后每次吃饭，他都会坐在她的左边。他和她谁都没有说明，但她和他都明白这爱的细节其实包含着太多心与心的共鸣、爱与爱的默契。因为爱无论伟大或平凡，最真最美而且最让我们感怀一生的往往是那些不经意的细节和无意中的一举一动。

因为她是左撇子，坐在她的左边，他可以让着她，不让她的左手和他的右手因为吃饭而互相碰撞。

女孩和他青梅竹马，相识二十年，相恋八载，她应该顺理成章成为他的妻子。但女孩一直不甘心，她总觉得两人相处时间太长了，从无话不说到无话可说，没有女孩所渴望的浪漫与激情。在女孩的记忆中，他一直不曾对她温柔地说过爱。

直至有一天，他郑重地对她说："八年抗战还有胜利的日子，我们该结婚了。"女孩找不出拒绝的理由，但也找不到立即应允的感觉。女孩说要考虑一下，她想让他给她答应的理由。他竟点点头，没有表示任何异议。

两人一起上街，并肩走着。走到一个拐角处，街道忽然变窄，本来在他右边的女孩轻巧地向前一跳，跑到了他的前面，走在了他的左边。他忽然慌了，急忙跑步赶上，将女孩拉到右边，说了声"危险"。一辆大卡车就在此时呼啸而过。

并没有惊天动地的事情发生，卡车将地上的泥水洒了他一身。他仍在嗔怪女孩："不是告诉过你，走路时要在我的右边，为什么不听？"这只是一瞬间，女孩却感到超过一生的感动和幸福。他一直对她呵护有加，即使走路时也要将她放在右边的内侧，他用他的身体为她遮挡左边外侧的人流及一切。

在爱的历程中，最真最美最让我们感念一生的往往是那些不经意的渗入我们生命中的细节，而无心的一举一动其实包含了许许多多心与心的共鸣以及爱与爱的默契。感觉终于告诉女孩，她可以为他守候一生。

同样是在左边的守候，一个有心一个有意，一个细心一个诚心，爱就这样在无声无息中让我们感到一种体贴与温暖，一种难以言说的关爱与热情。我们是渴望爱的孩子，希望爱能给我们带来力量与勇气，也希望爱能给我们带来动力与好运。不过在爱中，我们有时不仅仅体会到关怀与呵护，还有宽容与忍让。

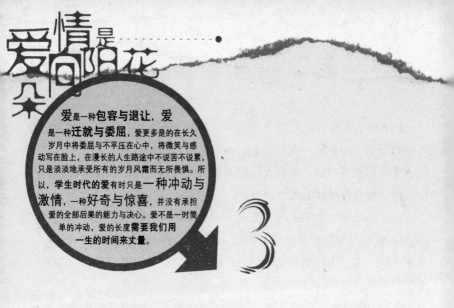

爱情是一朵并蒂花

爱是一种**包容与退让**，爱是一种**迁就与委屈**，爱更多的是在长久岁月中将委屈与不平压在心中，将微笑与感动写在脸上，在漫长的人生路途中不说苦不说累，只是淡淡地承受所有的岁月风霜而无所畏惧。所以，学生时代的爱有时只是**一种冲动与激情**，一种**好奇与惊喜**，并没有承担爱的全部后果的能力与决心。爱不是一时简单的冲动，爱的长度需要我们用一生的时间来丈量。

3

　　两人的结合是媒妁之言、父母之命，她对他不太满意，尽管他个子高高，又是军人，颇具男子汉风范，但她始终认为他不够温柔和体贴，没有温柔地演绎爱。

　　日子飞逝之间，她冲他发火，没事找事，或者耍赖、捉弄于他，他总是不温不火，傻呵呵地笑，不呵护也不训斥她，任她百般任性、千般风情，他一如既往地走着他那标准的军人步伐，连说话也有规律和节奏。

　　她逐渐失望，为他的不解风情和无动于衷。于是，她的坏脾气因为没有对手而消失，她的任性因为无限宽容而消融，而且她的不满日渐减少，安下心来一心一意地料理生活。岁月在她的精心梳理中开始井井有条。

　　若干年后，当她的一双儿女均长大成人，面临婚姻上的抉择时，她语重心长地对女儿说："婚姻重要的是过程。结婚就像用一只锅去炒两粒石子，开始时有棱有角的石子自然免不了磕磕绊绊。时间一长，在互相碰撞下都变得圆滑了，也滚到一块了，这日子也就过热了。"

　　他意味深长地对儿子说："爱可以是任性和耍脾气，也可以是宽容和理解。如果你爱她，而她又十分挑剔，不妨多些宽容和迁就，少些顶撞和冲突。要知道顶撞和冲突虽然能磨平彼此的冲动，但时间一长，更深的伤害藏在心底。表面上看来双方都适应了对方，却不知道很多宝贵的东西被岁月冲走，很多伤痕在内心没有愈合。所以你爱她，就在退让中用爱将她包容。等她再也无法冲出你的爱的范围时，她的所有挑剔、任性和坏脾气都会变成爱体现在平常生活的一举一动中。"

　　她愣了，然后脸红，接下来失声痛哭。她终于明白有一种博大的爱叫理解和宽容，因为博大，她可以容纳无理和无事生非，可以承载人生的伤感和生活的风风雨雨而永不褪色。这么多年来，她进他退，在退让中他一步步接纳她的棱角并用耐心将它磨平，终于在漫长的岁月之中用爱将她全部包容。

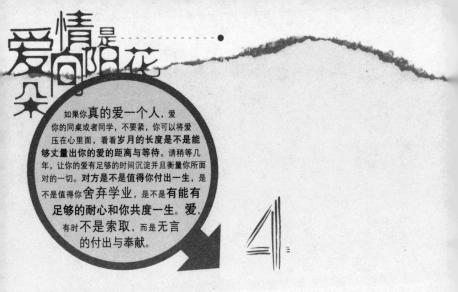

爱情是一朵向阴花

如果你**真的爱一个人**，爱你的同桌或者同学，不要紧，你可以将爱压在心里面，看看岁月的长度是不是能够丈量出你的爱的距离与等待。请稍等几年，让你的爱有足够的时间沉淀并且衡量你所面对的一切。**对方是不是值得你付出一生**，是不是值得你**舍弃学业**，是不是**有能有足够的耐心和你共度一生。爱**，有时**不是索取**，而是无言的付出与奉献。

当时，他与她的教室相距不过三十米。他英俊潇洒，她亭亭玉立，但只是互相偷偷地看上一眼，用目光互诉倾慕之情。在那个无事可以生非的年代，爱需要痛苦的理智来控制。

后来，他巧妙地乘人不备塞了一封信给她，火辣辣的语句令她脸红心跳。他要她三天之内给他答复。她犹豫了，三天的时间，如何才能在无人发现的情况下跨越三十米的距离告诉他她内心的喜悦呢？即使告诉了他如何才能更好地掩藏他们的恋情而不让任何人知晓呢？三天，太短了，她担心自己做不到这一切，而且她还没有勇气承认爱。第四天，她的目光再也没有寻到他的身影。从此人海茫茫，她多次打听他的行踪，均一无所获。唯一的见证是她仍保留着他的那封信，证明他曾经活过，也爱过。

时光如箭，一转眼三十年的光阴转瞬流逝。白发苍苍的她痛失老伴之后，闲来无事，常去公园散步。闲暇中，偶一抬头竟发现那曾令她刻骨铭心的身影：他正如闲云野鹤，背手缓行，却被她一眼认出历经岁月沧桑仍无法冲淡的举手投足间的悠闲与从容。三十年的世事变幻尘封的只是应该忘却的纪念，而珍藏内心深处的伤痛和幸福就如陈年老酒，历久弥香，并且回味悠长。

两人相见，一时无语，都在从流逝的岁月中寻找三十年前的模样。他其实根本不曾离开这座城市，只因为年少气盛，无法承受她的拒绝，便从此避而不见。她告诉了他她当年的担心和顾虑，他笑了，她想得太多了，他当年只想要看见她冲他点一下头即可。如今少年不再，白发人对白发人，当年深深的爱真能一笑了之？

他也孤身一人，她问他三十年后她再答复他晚不晚？他还能说些什么呢？对于爱，也许一生的等待不算漫长，也许一瞬间的心灵撞击便可以永远。当年三十米的距离，三天的时间，两人却需要三十年才能走完。但对于相爱的两颗心来讲，爱是没有长度的。三十年的等待可以缩短为一刻的相见，我们漫长的一生才因为丈量这爱的长度而充满了希望和温暖。▶▶▶

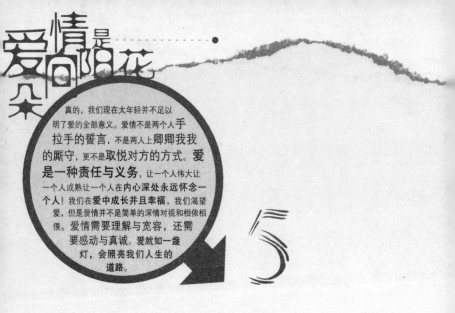

爱情是向阳花朵

真的，我们现在太年轻并不足以明了爱的全部意义。爱情不是两个人手拉手的誓言，不是两人上卿卿我我的厮守，更不是取悦对方的方式。爱是一种责任与义务，让一个人伟大让一个人成熟让一个人在内心深处永远怀念一个人！我们在爱中成长并且幸福，我们渴望爱，但是爱情并不是简单的深情对视和相依相偎。爱情需要理解与宽容，还需要感动与真诚。爱就如一盏灯，会照亮我们人生的道路。

　　他和她情投意合，郎才女貌，是人人羡慕的一对。两人海誓山盟，一起憧憬美好幸福的明天。忽然有一天，她对他说不再爱他，因为有一个富翁肯娶她为妻。他虽才华横溢，却终究只是一名穷书生。在巨大的物质财富面前，爱情的浪漫只是一时的激情而已。当一切回归现实，真正决定爱情的方向和质量的还是金钱。

　　听她说完，他一言不发，然后愤然离去。他不相信自己的才华无法施展，在人生的进程中连爱情都会失去，还有什么值得相信？他辞职下海，奋力拼杀，历尽千辛万苦终于赢得百万财富。他志得意满，心中却有一条伤痕无法愈合，当初她对他的伤害，是一生都无法弥补的伤痛。

　　终于在厌倦商战后，他决定驱车去找她，向她展示自己现在的成就和所拥有的一切，以报当年一箭之仇。他才明白这么多年来，在内心深处她一直都是他的惟一，尽管她伤他最深，但他对她的爱和恨都是一样的刻骨铭心。

他沿着记忆中的道路去找她，却意外地发现了她年迈的父母，相扶相携向远处走去。他驱车紧跟其后。不经意间来到一处墓地，两位老人俯身在一处墓前放下鲜花，立起身来，他惊呆了：两位老人闪开后在墓碑上灿然的是她永远定格的笑容，仿佛十几年岁月重现，多少年的拼搏多少年的爱与恨竟是这样一个无法面对的事实！在一阵撕心裂肺的剧痛之后内心那一道刻骨铭心的伤痕立即转化成为深深的懊悔与惋惜。他跌跌撞撞走下车，将十几年的委屈、思念、幸福与痛苦化作一览无余的泪水向她倾诉，让她那远在天堂的爱化解他的仇恨并且承担他所有的痛苦和忧伤，让她青春不败的笑脸成为她和他生死之恋的见证。

　　两位老人告诉他，女儿希望他们隐瞒他一生，即使是他恨她一生，也不让他为她的绝症而伤心一生。

　　她未曾负他，她已用她短暂的生命燃尽了一生的爱；他也未曾负她，十几年的商海沉浮，他没有爱上任何一个女人。

爱情是一朵向阳花

在深夜，在无数等待的日子里，你能为心爱的人始终点燃一盏明灯而永不熄灭吗？你能做到无尽的守候而无怨无悔吗？爱情并不是时时欢乐刻刻高兴，爱情还有带来痛苦的折磨。爱情是一种病，易得却难以治愈。

6

  他和她结婚时家徒四壁，除了一处栖身之所外，连床都是借来的，更不用说其他的家具了。然而她却倾尽所有买了一盏漂亮的灯挂在屋子正中。他问她为什么要花这么多钱去买一盏奢侈的灯，她笑笑说："明亮的灯可以照出明亮的前程。"他不以为然，笑言她轻信一些无稽之谈。

  渐渐地，日子好过了。两人搬去了新居，她却不舍得扔掉那一盏灯，小心地用纸包好，收藏起来。

  又不久，他辞职下海，在商场中搏杀一番后赢得千万财富。像所有有钱的男人一样，他先是找了个漂亮的女秘书，很快女秘书就成了情人。他开始以各种借口外出，后来干脆无需解释就夜不归宿了。她劝他，以各种方式挽留他，均无济于事。

  这一天是他的生日，她告诉他无论如何也要回家过。他答应着，却想起漂亮情人的要求。犹豫之间他决定先去情人处过生日，然后再回家过一次。

  情人的生日礼物是一条精致的领带。他随手放到一边，这东西他早已拥有太多。半夜时分他才想起她的叮嘱，急忙匆匆赶回家中。

远远看见万家灯火齐暗的楼房有一处明亮如白昼，他看出来正是自己的家，一种遥远而亲切的感觉在心中升起。当初她就是这样夜夜亮着灯光等他归来的。

　　推开门，她正泪流满面地坐在丰盛的餐桌旁，没有丝毫倦意。见他归来，她不嗔不怒，只说："菜凉了，我去再热一下。"

　　他没有制止她，因为他知道她的一片苦心。当一切准备就绪之后，她拿出一个纸盒送给他，是生日礼物。他打开，是一盏精致而无与伦比的灯。她流着泪说："那时候家里穷，我买一盏好灯是为了照亮你回家的路；而现在我送你灯是想告诉你，我希望你仍然是我心目中的明灯，可以一直亮到我生命的结束。"

　　他终于动容，一个女人送一盏灯给自己的男人，应该饱含着多少寄托与期盼！而他，却愧对这一盏灯的亮度。

　　他最终回到了她的身边，因为他已明白爱是一盏灯，不管它是否能照亮明亮的前程，但它一定能照亮一个男人回家的路。因为这灯光是一个女人从心底深处用一生的爱点亮的。　>>

爱情是一朵向阳花

即使是燃尽一生的光明也要追求片刻的辉煌，爱情有时让人感到世界的温暖与亮堂。我们自然应该感谢爱，爱是支撑我们一生的动力与源泉。只是如果爱情盛开的不是时候，往往会带来适得其反的后果。爱情如果附加了太多的附加因素，也会让爱情变质。

她是他的病人。从一个医生的角度考虑，他不应该对她产生感情的，即使是她非同一般的美。按理说他应该见过不少这样的美丽的病人的。

但他就是不由自主地陷了进去。她的非同一般不仅仅表现在病中的沉静与忧郁的美，她优雅的姿态和高洁的气质从未因为病而减去一分，她即使落落寡欢时也如一位不食人间烟火的仙子。

她得的是一种极怪异的病，仿佛全世界与她无关，她只关心自己和自己所构筑的想象空间。医生们对她束手无策，因为她拒绝与每一位医生交流。众人失望之余，他自告奋勇地要求试上一试。

于是他除了按照其他医生定时定量给她吃药的治疗以外，又额外增加了众多的辅助治疗。他为她买来书籍，买来音乐，买来鲜花，再加上无微不至的关怀和照顾，他相信他的一切努力终将唤回迷失的她，让她重新向所有的人敞开封闭的心灵。

春去秋来，她没有任何好转的迹象。别人都劝他放弃，他不灰心。他相信一个人的心不管走出多远都能够唤回的，更何况他觉得如她一般的女子更应该快乐地活在人们中间。

他又详细地制定了一份计划。连同给她吃的各种药结合在一起，他称之为秘密药方。他从此又开始了生命的新的征程。不知不觉中，给她治病以及治好她的病成了他生命中一个坚强的信念和不可或缺的一部分。

花开花落又一年。三百六十五个日日夜夜，他从未间断将一腔热情倾注在她的身上。打针、服药，和她说话，陪她听音乐，他的所作所为早已超越一个医生对一位病人的关怀程度，而这一切，是在逐渐的变化中无意完成的。

他想对了，一颗心对另一颗心的靠近是不会没有感觉的。那是一个春光明媚的早晨，他照例去给她喂药。她醒来后怔怔地看着他，忽然叹了一口气："你为什么一直对我这么好？我不开口说话就是一种罪过。"

他的成功轰动了整个医院，人们都说他创造了医学史上的奇迹。他却淡淡地一笑，不置可否，因为他知道如果这也算是奇迹的话，那么这一切都将归功于他制订的那一份药方。在院长的强烈要求下，他公布了这一药方：一份爱心，两份真诚，用三分文火分四次煎熬，直到五种药物中的六神合一，然后再分七次服下，总共用八服份量，九个疗程，最后最关键的一个环节是要用十分的耐心来等待。

众人惊讶，问："这是什么药方？"

"爱情的药方，"她笑意盈盈地替他回答，"用整个生命写成的爱情药方。"

他们平静地结了婚，婚后不久她就安静地死去。从一开始她就知道自己得的是绝症，所以拒绝与人交流也拒绝治疗。是他用这一爱情的药方治愈了她的心病，唤起了她重新开始生活的勇气。尽管这药方不能治愈她的绝症，但却让她短暂的生命燃尽了一生的挚爱。而她也能够对她心爱的人说她已死而无憾。这一切，对爱情的药方来说它的作用已经足够了。

爱情是一朵向阳花

不要以为用爱可以换回生活中的实际的一切，房子、汽车以及金钱，爱只是一种感觉一种高尚的情感，不是用来交易的资本。既然你真实地爱一个人，和他在一起就不要在意他是不是有钱，是不是有令人尊重的地位。爱不应该由物质来表现，而是用生命来写成。

8

父母反对她与他结合，威胁要与她断绝一切关系。然而他对她一往情深。最终她毅然决定和他远走高飞。

饱尝颠簸之苦后，他们远离了曾经熟悉的城市和亲人，漂流异乡。他对她百般呵护，唯恐有一丁点儿闪失而引起她的不快。她虽然难免想念家乡与父母，但因为他无微不至的爱而充满了温暖。她感觉自己是个幸福的人了。

时间飞逝之间一切都在变迁，工作上的不如意，生活上的不顺心，两人终于由从不吵架变成了战争频繁。更多的时候是她对他不满意，不满意他微薄的工资，不满意他卑微的位置，不满意他们狭小的住房，等等。

她问他："我为你抛弃了一切，你凭什么来报答我的爱？"他回答："凭爱。这些年来我对你的爱一直完好如初，没有丝毫的破损。"她冷笑着说："可是我们没有钱，没有房子，你拿什么来爱我？"他无语，只默默地收拾杂乱的一切，不再回答她无休止的提问。

他很快辞职下海。因为身负重任，所以他格外努力，拼命拼杀。

不久他便买房买车，拥有了有钱人所拥有的一切。她也开始享受生活，每日沉浸在游泳、美容与购物的乐趣之中。

终于有一天她忽然发现他在她身边的时间越来越少，更没有了两人以前一起散步、一齐做饭、一块儿看电视的惬意时光。他每次匆匆回家总是抽出一沓钱给她，问："够不够?"然后又匆匆离去。她开始不满意，不满意现在的聚少离多，不满意他现在的缺乏温情，不满意他来去匆匆像个过客。她开始大吵大闹，对他诉说："为了你我抛弃了父母和朋友，我现在只有你一个亲人，你说过要用一生的柔情呵护我一生的爱，而你现在用什么来爱我?"

他很平静地抽出一沓钱说："你数数够不够用? 我很忙，没有时间讨论这些事情!"然后他转身离去，任凭她呼唤、哭泣再不回头。

当初他给她一如既往的爱，她却想要与爱无关的舒适生活；而当她拥有所想拥有的一切时，他已没有时间再对她百般呵护。本来她用爱换来的也是爱，她却想用爱来换取与爱无关的生活上的享受。爱的回报是相互的，心中有爱，无关于生活中的一切是否舒适与豪华。

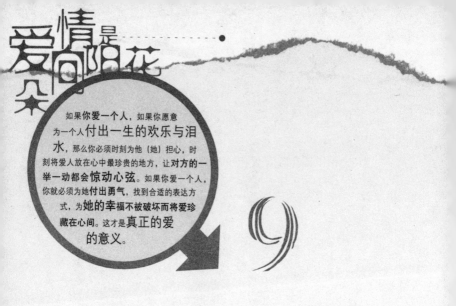

爱情是一朵同心花

如果你爱一个人，如果你愿意**为一个人付出一生的欢乐与泪水**，那么你必须时刻为他（她）担心，时刻将爱人放在心中最珍贵的地方，让**对方的一举一动都会惊动心弦**。如果你爱一个人，你就必须为她**付出勇气**，找到合适的表达方式，为**她的幸福不被破坏而将爱珍藏在心间**。这才是**真正的爱的意义**。

9

妻子患有先天性心脏病，随时都有可能失去生命。为了不让丈夫知道后为她担心，妻子隐瞒了真相却在暗中为丈夫安排好一切，她为他编织了一生也穿不完的毛衣毛裤，并悄悄地写下了遗嘱，告诉丈夫不要为她的死伤心，应该再找一个爱他的女人幸福地生活着。

寒来暑往，他们的女儿已经长大，而时远时近的噩梦从未降临也从未消失。丈夫一如既往地爱着妻子，每天陪她散步，每周陪她上街购物，每月都会送她鲜花，每年陪她外出旅行。仿佛两人的爱绵绵无期，一年的时光就能走完一生的爱一样。丈夫对妻子无微不至，不说爱，只是抢着干一切活计，从不让妻子伤心生气。妻子一方面愧疚自己不能告诉丈夫一切真相，一方面又埋怨上天的不公：这么好的人，为什么就不能让我和他平平安安、快快乐乐地过一生？

女儿懂事后就发现了爸爸的怪习惯：他总是抢着去接电话，尤其是妈妈外出上班不在家的时候。爸爸不让她先接电话，甚至有一次她离电话近先接了一次，爸爸无端地发火训斥了她一顿。女儿很不理解爸爸的怪异举动，就渐渐地疏远了爸爸。爸爸不为女儿的疏远所动，依然我行我素，不管女儿的反对与伤心。

那是一个夏日阳光灿烂的午后，妻子下班的时间到了人却没有回来。丈夫焦急不安地在屋中走来走去，忽然电话铃响了，丈夫大惊失色，从里屋跑向外屋的电话。五米，四米，就在丈夫离电话一米远的距离上，他匍然倒地，而意欲伸手拿电话的右手仍然向前努力地伸去，仅仅一米的距离啊，丈夫再也无力站起。

　　电话是妻子打来的，她本来是要告诉丈夫她要加班，不回来吃午饭的。医生的结论是丈夫死于心力衰竭，是由于长期精神压力过大造成了一瞬间的崩溃。

　　悲痛欲绝的妻子终于明白原来丈夫一直以来都十分清楚她的病情，他担心时刻会失去她，所以他无时无刻不处于高度紧张之中。而电话的铃声响起，丈夫最怕听到的就是妻子的噩耗。女儿也终于理解了爸爸所有的不同寻常的行为，在抢先一步去接电话的所有细节上倾注了他对妈妈的用整个生命流淌的爱，他无言的关怀与担心，他分分秒秒的忧愁与关爱，他用一生的欢乐为代价的生命之爱，在最后的时刻，用一个接电话的姿势塑造了永恒。

爱情是向阳花朵

爱并非是自私的占有，爱是无私的奉献与付出，是让对方感受到爱的温暖与美好而自己并不奢望得到回报。当然爱也并非全是一味的付出而不希望得到对方的理解与回应，毕竟爱是相互的，两人个的心灵默契与共鸣才能得到快乐与感动。所以趁时间还足够，趁时光还灿烂，别把你的爱藏在心间。

10

（一）

男孩爱上女孩是因为他每天都路过女孩的窗外，浅黄色的窗帘常常映出一张生动而微笑如花的脸。男孩胆小，只是一个人守在窗户外面，远远地观望，从来不敢向女孩说明什么。

男孩想用行动来证明。女孩每天晚上很晚才关上窗户拉上窗帘，有时会惹得路人向里探望。男孩很着急，希望女孩能早一点儿关上窗户。但他又不敢当面对女孩说。

一天，一个人赖在那里不走，不停地朝着窗内的女孩观望。男孩真想大声告诉女孩，但努力了几次，只是涨红了脸而已，声音卡在心中，怎么也无法冲破那一层矜持的薄纸。那人不但没有离去的意思，还不停地嘻笑。他看见了男孩，以为他和他一样，便招呼他："过来，别不好意思，免费观看！"男孩怒火中烧，血往上涌，不顾一切地冲了上去，与那人撕打在一起。

路人用了很长时间，费了好大劲才将两人拉开。那人看着男孩一副拼命的样子，胆怯地说："神经病！我又没惹你！"

　　男孩顾不上擦嘴上的血，扭头一看，女孩的窗户已若无其事地关上了，并且还严严实实地拉上了窗帘。男孩欣慰地笑了，他感觉自己是一个英雄，成功地捍卫了女孩的尊严。挨打流血都无所谓，只要能保护女孩就行。

　　以后男孩每次见到女孩时，女孩总是甜甜地报以一个微笑，轻轻地说："嗨！"男孩的心就像花儿一样怒放了。但他也只是轻轻地回应一声"嗨"，不再有任何话语。后来，女孩就不再和他招呼，淡淡的，像天边的一朵云。

　　男孩的心就更加惶恐了。经过几个不眠之夜的思索，他才决定去向女孩说个明白。男孩手持鲜花去敲女孩家的门，周围很静，男孩轻扣门扉的声音传出很远很远，却不见女孩来开门。男孩黯然神伤，垂头丧气地走了。

　　若干年过去了，男孩与女孩不期而遇。一切都过去了反而平静了，男孩诉说了当年的困惑与期待。女孩轻轻地"啊"了一声，说："我的窗户是一直为你开的，只想听见你大声地叫我。而你敲门的声音也太小了，小得我根本就没有听见。"

　　是啊，如果你爱她，不妨大声地对她说；如果没有大声说出的勇气，就大胆地去敲她的门，而且，一定要大声地敲，告诉她你正等她在门外。失之交臂的爱情如果仅仅错在于没有信心，那你的爱就失败得让人惋惜。

爱情是一朵向阳花

（二）

男孩和好友同时喜欢上了一个女孩。一边是爱情，一边是友谊，男孩难以取舍。而女孩与他以及好友都十分要好，分不清孰轻孰重。男孩很苦恼，惟一的知已与唯一心爱的女孩，就如左手和右手，选择哪一只和丢掉哪一只都是痛苦的决定。

男孩自然也能看出好友对女孩的好感，而他显然与男孩是一样的心思。因为大家都是好朋友，女孩也不想伤害任何一个，又想让其中一人识趣地退出。三个人常常一起上街，一起游玩，一起哈哈大笑又一起默默想着各自的心事。

为了公平起见，男孩每次约会女孩时一定会带上好友。女孩每次也和以前一样的面容，不说赞成也不表示反对。男孩是多么渴望能与女孩单独地在一起啊，哪怕只有短暂的十分钟，他也可以不顾一切地说出一切。但他不能，看到好友同样亦喜亦悲的神情，男孩心软了，他不忍心将好友的痛苦变成自己的快乐。

日子在不经意悄悄溜走。男孩知道，在他们三个人快乐的外表下都埋藏着一颗疲惫的心，大家都想尽早结束这个游戏，只是谁都没有勇气首先说出。

一天，男孩终于决定向女孩表白一切。在碧草青青的绿地上，三个人面对面地站在一起，男孩对女孩说："我爱你，希望你能接受我的爱。"说完，他又将好友拉到身旁："他也爱你，希望你也能接受他的爱。我们希望你从我们两人之中做出选择！"女孩不知所措地愣在那里，忽然间失声痛哭起来："你们不要逼我好不好？我真不知道该怎么办才好？我们还是都做好朋友吧！"

男孩一言不发，心一点点沉了下去。好友也默默无言地走开。就这样，女孩离开了，男孩感到欣慰的是他仍然拥有友谊。

后来，男孩收到女孩的一封信："如果你爱我，你不会做出这样冲动的举动。我一直以来喜欢的是你，但你怎么能让我直接面对你们两个人做出选择呢？你不懂女孩的心，她善良但脆弱，她敏感但矜持……"

如果你爱她，一定要知道她的心，并且要找一个恰当的方式来表现你的爱。爱不仅仅是要用口说出，你爱她，就让她处处感到你在为她着想，既使是她不爱你，也要让她为你的爱和表达方式而感激不尽。这才是成功的爱。

（三）

男孩刚毕业参加工作就喜欢上了对面的女同事，她文静中透露着一丝高贵的气质，似乎是纤尘不染的人间仙子。她的成熟与优雅令男孩着迷。

但她是有夫之妇，而且夫妻很恩爱，要比男孩大上七八岁。但男孩明知这些还是禁不住去喜欢她，在男孩眼里，她太完美了，既有女人焕发女性光辉的成熟，又有女孩亦喜亦怒的温柔。男孩痴痴地想，因为我爱她，所以一切的后果都是爱造成的，没有任何恶意。

于是男孩开始想方设法地接近她，为她擦净办公桌，为她打好开水，冲好速溶咖啡，帮她做她需要加班才能做完的工作，等等，总之男孩想尽一切办法来表现他对她的爱。男孩认为一旦条件成熟，他就会对她说出他的爱。

她坦然接受他的帮助和关怀，若无其事地称赞他乐于助人，为人真诚热情。他反驳说这些与热情和真诚无关，与……他想说与爱有关，却被她巧妙地打断："与一个人的心中是否有爱相关！"她所说的爱与他理解中的爱不同。

同事们都看出了他对她的情意，有人嘲笑他的天真。他不管这一些，他觉得只要两个人心心相印就可以证明一切。他一直有一个小小遗憾，这么长时间来，他一直没有当面对她说过他爱她。

机会来了。一个狂风暴雨的日子，她将手头的工作完成时外面已被黑暗笼罩了一切，最主要的是大雨倾盆。推门出去，他正举着伞等在门外，一脸的笑一脸的温柔。

两人走在雨中。狂风、大雨与黑暗给了他勇气，他终于说出了那句话："其实我一直喜欢你……"一阵风吹过，她好像没有听见："风真大，不知道家中的窗户关了没有。他呀可粗心大意了，只知道研究他的课题。"她的声音充满了温柔与柔情。

风停了，雨住了，男孩后面的话始终没有说出来，因为他看见她的丈夫正驱车前来接她。在两人充满关切的目光的对视中，男孩的心一下子雨过天晴了。

但男孩依然爱她，只是他已明白，如果你爱她，爱不一定要说出口。远远地观望和默默地关怀也是一种神圣的爱。如果你爱她，而她又爱她的丈夫，那么就为他们祝福吧！爱就是要让自己所爱的人幸福，爱她，就不会去破坏她的幸福。

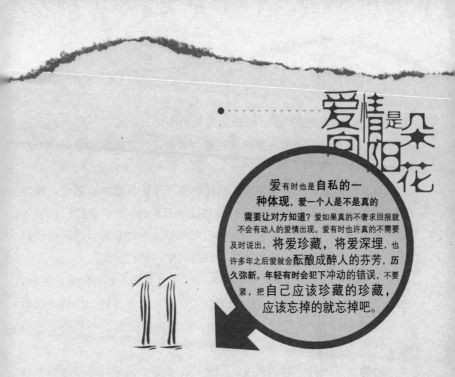

爱有时也是**自私的一**
种体现, 爱一个人是不是真的
需要让对方知道? 爱如果真的不奢求回报就
不会有动人的爱情出现。爱有时也许真的不需要
及时说出, **将爱珍藏,将爱深埋,** 也
许多年之后爱就会**酝酿成醉人的芬芳,** 历
久弥新。年轻有时会犯下冲动的错误, 不要
紧, 把**自己应该珍藏的珍藏,**
应该忘掉的就忘掉吧。

　　他一直在偷偷地爱着她，在暗中观察她的一举一动，在随着她的情绪起起落落间，他觉得他和她一直离得很近，而他也一直认为，聪明的她一定心有灵犀知道他的存在。

　　一个早春的落雨的早晨，天气乍暖还寒。他跨着自行车穿过一条很窄的小巷，并且在想象她此时是否和他一样正在冒着小雨赶去单位。正恍惚间，忽然发现对面冲来一人，他一慌，来不及躲闪，与来人撞在一起。两人双双跌落在泥水中。待他站起时仔细一看，那被撞倒在地的人分明是她。怎么会是她呢？她从来不走这条路的。该怎么办呢？他心中一急，乘她尚未看清他是谁，推起自行车飞快地跑了。他怕她责怪他的莽撞，怕她因此改变对他的印象。总之，他不顾一切地跑，惟恐她认出关于他的蛛丝马迹来。

　　她一个上午都没有来上班。终于在下午他见到了她，他佯装漫不经心地问起上午的事，她淡淡地答道："不小心摔了一跤。下雨了，路滑，你没有事吧？"关心的话语在他听来简直就成了一种讽刺，他不知道她是否已知道那人是他，忙答应着逃走，不顾她的惊讶与不知所措。

渐渐地，他的眼中便很少出现她的影子了。也是在渐渐中，他才知道以前满眼全是她的形象是她故意让他看到的。也许是她已知道了那件事的真相，他有些后悔当时自己不肯低头向她认错。然而一切都已烟消云散。时间在向前走，回头看时只是回忆和往事。

终于她和别人结婚了。他看不出那人有什么地方比他优秀。因此，他很是不满。在她的婚礼上，他喝醉了。乘众人不注意，他将她拉到一边，告诉她他当年是如何喜欢她，而她为什么迟迟不给他一个机会。

她露出了十分惊讶的表情："是吗？我怎么从来就不知道呢？我还以为是你不喜欢我呢？那一次下雨我赶去给你送上一把伞，不料在途中被人撞倒。后来去单位对你提及此事，你淡淡的表情似乎无动于衷。对于你，我还能有什么奢求呢？"

婚礼进行到了高潮，他喝得酩酊大醉。众人劝他，他不听："我是高兴的，你们别劝我！"生活不容许我们在不经意间犯下的错误会轻轻地被一笔勾销，既使是无心造成的结果，也必须独自吞下最后的苦酒。如果我们都深爱对方，请一定要当面把爱说出来，趁时间尚允许我们还有选择的机会，趁我们还未后悔莫及之前。

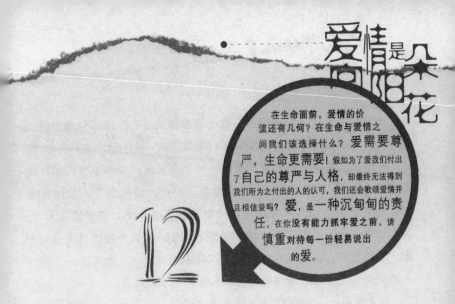

在生命面前，爱情的价值还有几何？在生命与爱情之间我们该选择什么？**爱需要尊严，生命更需要！**假如为了爱我们付出了自己的尊严与人格，却最终无法得到我们所为之付出的人的认可，我们还会歌颂爱情并且相信爱吗？**爱**，是一种沉甸甸的责任，在你没有能力抓牢爱之前，请慎重对待每一份轻易说出的爱。

12

　　她爱她的丈夫，是那种体贴入微、体现在一举一动中的深情。两人的结合属于先恋爱后结婚的自主选择，双方都很满意，所以婚后的生活平静而幸福。

　　然而有一天丈夫身体不适。检查身体时被医院诊断为另一种类型的不治之症：或者死去，或者拿出数十万元治疗。她欲哭无泪，这个突然出现在生活之河中的漩涡太大了，将她的所有梦想和希望沉入了谷底。两人都是工薪阶层，莫说数十万元，就是数万元也是难上加难，无奈之中她和丈夫回到家中，夫妻二人除了互相安慰，除了暗自垂泪，难道只有死路一条？

　　丈夫所受的痛苦让她既心疼又自责，在日甚一日的折磨中，她终于决定拼死一搏。既然难逃一死，没有选择也必须去选择。她辞去公职，带领丈夫南下，无论付出多大的代价，哪怕前方充满了血与泪，她也一如既往不回头。丈夫就是她生命的一切，为了他，她宁愿去付出生命。

　　但她只是一名弱女子，在南方，在许多人认为可以梦想发财的地方，她双手空空，凭什么能打下数十万家财的江山？她四处碰壁仍四处奔波，丈夫就是她心中的明灯啊！明灯不灭，她永远不会停止。

有许多人提出了帮助她的条件——她是女人，条件不言而喻。她不知自己拒绝了多少次，不仅仅是为了一个女人的尊严和丈夫的名誉，而是想证明给别人看她可以凭借智慧赢得一切。只是商海无情，风大浪急，她几番沉浮难以得到所想的一切。而丈夫的病情又日益严重，在她面前，生活就像一座随时可能倒塌的大山，她需要一个强有力的支点帮她支起摇摇欲坠的身体和即将崩溃的信念。

在丈夫再一次被医院下达病危通知书时，她再也无力回绝另一个人所提供的帮助。她是一个女人，一个有时比男人坚强但更多时候又比男人脆弱的女人啊！她需要钱来救治丈夫，需要有人站在她的背后让她依靠。她获得了资助，逐渐在商海中站稳了脚跟，后来又如鱼得水，这一切的荣耀和光环都将背后的血和泪笼罩，没有人知道她的辛酸与不幸。

丈夫病愈后知道了真相，他无法原谅她所做的一切，提出要和她离婚。她先是苦苦哀求，丈夫无动于衷。她又悲痛欲绝地向他诉说当时种种的艰难，却被丈夫轻轻的一句话否决："我是一个男人，活着要有男人的尊严。"她顿时心如死灰，在金钱面前，不堪一击的难道仅仅是女人的尊严？她不想去质问丈夫她向谁去买回她的尊严，爱情如此轻易地被击碎，那是她用一个女人的全部和一生的光阴来换取并且维护的爱情啊！她拯救了他的生命，他却说她让他失去了尊严，生活在用这种事实向我们昭示什么呢？

生活有时会告诉我们一些人生的真谛，但远远不是全部。**因为爱而爱，是神；因为被爱而爱，是人。**只是许多时候我们中的一部分永远不知道该怎样获取做一个人的资格。爱也有尊严，生命也是，该怎么寻找与这一切有关的答案？

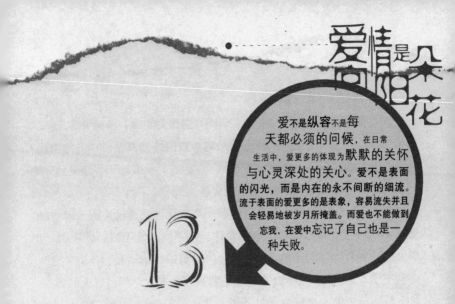

爱情是一朵向阳花

爱不是**纵容**不是**每天都必须的问候**，在日常生活中，爱更多的体现为**默默的关怀**与**心灵深处的关心**。爱不是表面的闪光，而是内在的永不间断的细流。流于表面的爱更多的是表象，容易流失并且会轻易地被岁月所掩盖。而爱也不能做到忘我，在爱中忘记了自己也是一种失败。

13

　　她爱吃糖。虽然因从小爱吃糖而落下蛀牙，她仍乐此不疲。有什么关系呢，爱吃就是爱吃，没有必要因噎废食。他知道她的嗜好，每每买许许多多各色各样的糖果、巧克力给她。她因此感到开心，有两点使她认为自己是个幸福的人：一是爱吃糖，但并不因为爱吃糖而发胖影响了体形美；二是有他的关心和无微不至的关怀，他知道她爱吃的每一种糖果的名称和产地，这是他爱她的具体体现。

　　婚后不久，他给她买的糖日益减少，尽管她忍不住去提醒他，但减少的趋势有增无减。终于有一天糖吃完后他仍未买回来，她冲他发了火，并说他已不再把她放在心上，他们之间的爱情已不如以前热烈而甜蜜。他解释说工作太忙，应酬太多，难免忘记一些小事。最终她只好决定自己亲自买糖。生活总会有一些小小的变化，她要学会适应人生路途中每一个必经的驿站。

　　就在她已经习惯了自己买糖之时，他又开始给她买种种无糖食品——无糖牛奶、无糖咖啡、无糖巧克力等等。她统统纹丝未动地放到一边，心里怨恨这个男人的变迁：明明知道她爱吃糖，偏偏要买无糖的东西给她吃，这不是疏乎而是一种故意。难道婚姻真是爱情的结束吗？她感觉他对她的爱再也不像以前一样深沉甜蜜。从开始不买糖果到开始买无糖食品，她认为他的爱也由甘甜变得淡而无味了。

而他还是一样的忙，来不及问候一声她是否吃了他买的无糖食品，更来不及细细观察她微小的情感变化。他不问，她不说；她不说，他不知道。岁月的翅膀无声无息地滑过，甚至没有惊动我们身边的空气，却留下了人与人之间心灵上的裂痕，拉大了人与人之间情感上的距离。

当又一个男人出现在她的面前并且十分殷勤地为她买糖时，她感觉自己倾斜的不仅仅是身体和爱，甚至还有整个生活的重量。她和他约会，陪他喝浓而甜的咖啡，仿佛重回初恋，仿佛昔日重现，她愉快地享受每一天。两个月后，她决定结束她和丈夫两年的婚姻。

就在一个与他分手的雨夜，在返家的途中她受了风寒。丈夫陪她去医院，忙前忙后，她正在远方的心有些愧疚：她准备再等上一等，等病好后再向他说明一切。他买了一大堆她爱吃的各色糖果前来看她，她的兴奋被医生制止："你的血糖过高，如再吃这么多糖会导致糖尿病的发生！"医生开了一张单子给她，她惊呆了：全是丈夫买给她的无糖食品。

丈夫再来看她时，她第一次打开他送给她的无糖食品，尝了一小口，甜，是一丝一缕甜入心肺的甜，不似糖果般热烈与奔放，却有回味无穷的清澈与幽香，真的是无糖也甜。

"为什么——不早一点儿告诉我？"她问丈夫，心中的甜无与伦比。丈夫笑意盈盈："甜与不甜，自己尝了才知道！"有两种甜需要我们自己去选择：糖果虽然甜得浓烈，但不持久而易留下后患，过多食用有害无益；无糖也甜的食品甜得清亮，丝丝缕缕体现从里到外的关爱。无糖也甜，无言也爱。

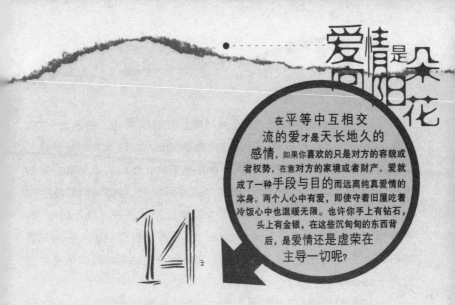

爱情是一朵向阳花

在平等中互相交流的爱才是天长地久的感情，如果你喜欢的只是对方的容貌或者权势，在意对方的家境或者财产，爱就成了一种手段与目的而远离纯真爱情的本身。两个人心中有爱，即使守着旧屋吃着冷饭心中也温暖无限。也许你手上有钻石，头上有金银，在这些沉甸甸的东西背后，是爱情还是虚荣在主导一切呢？

14

他非常爱他的女友，又因为他比女友大上十几岁，所以千方百计地哄她开心，并且事事让她三分。在他眼里，女友只是一个可爱而愿意向他撒娇的小女孩。

两人家都在外地，漂流异乡自然困难重重，而且两人的收入又很一般，为了将来打算，必须从现在开始节约每一分钱。他一切都十分节省，但女友则不同，她不但在穿衣打扮上要用最好的，在各种生活用品上也非名牌才行。要穿几百元一件的衣服，要用几百元一个的真皮小包，要用上好的化妆品，就连吃饭也要吃爱吃的饭菜。女友爱吃的又全是好吃但价钱也高的食品。这一切，他一一应允，谁让自己比她大上十几岁呢？且不说在年龄上他应该照顾她，女友肯成为他的女友本身就是一种牺牲，他这样对自己说。有了光明正大的理由他就必须有体现男儿气概的行动，于是他首先在家中承揽了一切的活计，包括做饭、洗衣、扫地等等，又身兼两职，并将所有的工资悉数上交。然后他又让自己处处节省，就连吃饭也是如此，却让女友吃她爱吃的饭：女友爱吃鱼，他就买来鱼；女友爱吃海鲜，他就买来海鲜。等他将一切做好，女友就会惊呼一声："你真好！"然后将她所爱吃的东西一扫而光。如果有剩下的部分，女友会说："下一次就不好吃了，丢掉吧！"他就会一点儿不剩地丢掉，然后再吃自己的饭——无非是些白菜土豆之类的蔬菜。女友踱着小方步到一边去看电视，他又会自觉将一切收拾干净。

日子就这样悄然流逝了。直至有一天，他忽然发觉自己已到了功成名就的年龄，而现在仍然没有成家立业，心中惊慌起来，就和女友商量着结婚。

"结婚？"女友惊叫，"你拿什么与我结婚？要房子没房子，要钱没钱，你用什么娶我？"女友正盯着一部电视剧看，眼睛都没有抬一下。

原来他以为自己拥有一切呢，租来的两室一厅，买来的二手电视与家具，还有一个他真心相爱的女友。一切的幻像被女友轻轻的一句话打碎。在女友吃鱼时，在他倒掉女友吃剩下的鱼时，女友不曾问他是否吃上一口，而他也不曾想到。所有的一切他都在替她着想，惟独忘记了自己。一个忘记了自己的人又怎样去爱自己呢？一切的一切都有让他恍然大悟，他将所有的爱都给了女友，而女友却没有匀给他半勺。

爱是一种平等的对视与感情上的交流，居高临下的爱是施舍，须仰视才见的爱是祈求，只有能够相互交流的爱才能让你想到爱自己，也只有想到爱自己才能更深地体现爱别人的感受。爱到忘我，那不是爱，只是一种爱的回报。

爱情是朵向阳花

15

当你觉得你的爱情需要什么东西来表达时，当你认为对方是不是爱你就表现在对方是不是给你买到了你最喜欢的东西时，爱情其实已经悄悄地从你身边溜走，变成了一种可以用来交换物质利益的手段。这样的爱情你能希望长久与保鲜吗？爱情本来来之不易，再不好好珍惜如何能对得起曾经的心动与付出。爱情不简单，保鲜又更难。

他陪她去珠宝店挑选她喜欢的钻戒——他和她决定将爱情进行到底，让婚姻精心珍藏他们来之不易的爱情。两人从大学时就开始谈恋爱，一直谈了四年，直至毕业后都留在了省城。其间磕磕绊绊，一点一滴都体现着爱和关怀。

当然不易了，两人家都在外地，在举目无亲的省城一切都要靠自己打天下，一切都要用自己微薄的薪水去买回。大到家电、家具，小到香皂、毛巾，生活就是由这些看似不经意却又必须拥有的小细节汇聚而成的。好在两人都省吃俭用，为了向往中的温馨小家竭尽全力创造一切条件，如今终于如愿以偿。就在一切都准备妥当之时，她看到了一则广告：电视画面美仑美奂，仿佛在讲述一个经典的爱情或者是天上的爱情，在最后丈夫将一枚美得无与伦比的钻戒戴在妻子手上，并且说出让所有女人为之心动为之陶醉的话语：钻石恒久远，一颗永留传。

她毫不犹豫地沉醉了，这才意识到他犯了一个致命的也是最大的错误，竟然忽略了她的纤纤素手上仍一无所有。没有钻戒，他用什么来表达他对她永恒的爱？

她向他提出了要求，并且强调这是成为他妻子之前的最后一个要求——为她买一枚钻戒，以此来纪念他们的爱情可以久远与留传。他无言以对，难道他真的疏忽了这一个至关重要的细节吗？当然不是！只是所有的一切都已令他筋疲力尽，他只想拥她入怀让疲惫不堪的心休息片刻，更主要的是他早已囊中羞涩。他的爱是全部的毫无保留的，但他的能力毕竟有限，不可能为她创造出一切。他只好劝慰她等婚后攒足了钱一定买给她。

她不依，心中被小小的欲望和浪漫充满，便撒娇来纠缠他。当然他还是没有答应，不是不想答应，而是没有能力承诺。她知道实情后半晌无语，一颗心在摇摆不定中倾斜向了她认为代表爱情可以永远的钻戒——推迟三个月结婚，她一定要戴上钻戒成为他的新娘。

三个月，他始终沉默着，精打细算到每一分钱该怎么花。三个月，他攒够了三千元钱，可以为她买一枚不大不小不是最好也不是最坏的钻戒了。于是两人一起走进了珠宝店，琳琅满目闪动光辉的珠宝店令人眼花缭乱又无所适从。

她在一枚熠熠生辉的钻戒前站住，心中溢满了欢喜，它与广告中一模一样。他在一旁默不作声，它的价位远远超出了他的承受能力。矛盾不可避免地产生并且扩大了，她坚持选择它，而他根本没有足够的钱买下它。最终她拂袖而去，他没有追上去，而且是再也没有追上去。因为他已知道她需要的不是爱情的保证，而是一种浮华与虚荣。

钻石恒久远，一颗永留传。只是有许多女人不知道留传下来的钻石如果没有爱情，充其量不过是一块美丽的硬石而已。爱是一颗心，无法用钻戒的价值来衡量爱的对与错或者爱的深与浅。浪漫无限，爱情无价，只是用钱包裹起来的浪漫在炫目的外表下有多少辛勤与辛酸却无人得知，所以处于幸福之中的女人应该把幸福珍藏在心间，而不是戴在手上让风吹让雨打，让不明真相的人去笑你的虚伪与假装。

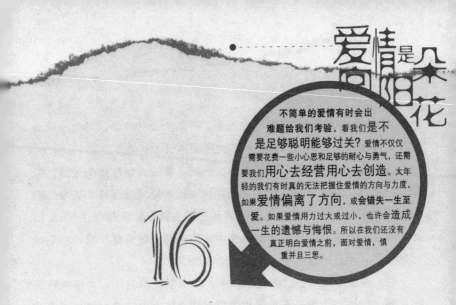

16

不简单的爱情有时会出难题给我们考验，看我们是不是足够聪明能够过关？爱情不仅仅需要花费一些小心思和足够的耐心与勇气，还需要我们用心去经营用心去创造。太年轻的我们有时真的无法把握住爱情的方向与力度，如果爱情偏离了方向，或会错失一生至爱。如果爱情用力过大或过小，也许会造成一生的遗憾与悔恨。所以在我们还没有真正明白爱情之前，面对爱情，慎重并且三思。

女孩爱上了男孩。可她是女孩，怎么能主动去向男孩说明呢，何况女孩又是如此的美丽温柔，身边追求者无数。女孩认为如果拒绝众多的追求者而主动去追求并没有追求她的男孩，会被许多人笑话，而她作为女孩子的高傲与矜持也不复存在。

男孩当然不知道女孩在喜欢他。他也喜欢女孩，可是女孩太夺目了，他又自认为很普通，觉得根本没有机会接近女孩，更没有可能赢得她的心。虽然男孩和女孩是同一单位，但因为两人的工作性质，没有什么理由来往。所以男孩和女孩之间一直没有什么事情发生。

内心焦虑的是女孩。她想让男孩知道她的心，但想不出一个既体面又含蓄的办法，既不能失去女孩的自尊又不能让别人看出来是女孩在暗示男孩。太难了，感情本身是简单的，但是爱情却是艰难而又复杂的。不是因为爱情本身，而是我们都有一颗复杂的心。

有一次单位组织春游，去城市的西郊爬山。女孩打扮得英姿飒爽，兴致勃勃地与同伴一起攀登并不陡峭的山路。渐渐地，女孩体力不支，落在了后面。前面的人越走越远，女孩有些恐慌，想加快速度赶上去，却力不从心。慌乱再加上疲惫，女孩一脚踏空，险些摔下山去。情急之中，女孩喊出了男孩的名字："你拉我一把!"男孩似乎也是因为体力不支落在了队伍的后面，听到女孩的呼唤，迅速地转身回来，伸出一只手，然后露出一个女孩期待已久的微笑。

上山和下山，女孩一直和男孩在一起。男孩说女孩体质太弱，应该加强锻炼。女孩点头称是，可又摇头说她不知道该怎样和去哪儿锻炼。男孩眼中闪出兴奋的光芒："我知道去哪儿！我带你去！"女孩不说话，只是点点头，心中的甜蜜中还掺杂着一丝得意：男孩终于中她的计了，而且还是在不动声色不知不觉中。

两人开始一起锻炼。先是手拉手，然后就花前月下，再后来就是甜蜜蜜。男孩每天早晨无论风霜雨雪都要去接女孩锻炼，这也是女孩要造成的假象：男孩是一个殷勤的追求者。女孩在得到爱情的同时小小的虚荣心也得到了满足。

女孩和男孩终于幸福地结了婚。婚后不久，男孩就在单位的一次长跑比赛中得了第一名。女孩觉得前后的反差太大，男孩的进步不应该有这么快，就问男孩爬山时是怎么回事儿，男孩神秘地笑着说："论爬山，我也会得第一。只不过我故意落在后面，而且还丢了一块香蕉皮，随时准备上演英雄救美。"啊，女孩才明白原来一切都这么复杂。两人处心积虑地绕了一个大圈子，无非就是为了向对方含而不露地表达爱意。我爱你，简简单单的三个字，却要经历如此辛苦与煎熬的心路历程。

爱情不简单。如果我爱你，并且你也爱我，如果我不言，你也不语，爱情有时也会故意出难题，让我们左右为难，让我们无计可施。爱情不简单，她是一个小小的精灵，考验我们的智慧，试探我们的耐心，并且偷偷地对我们说：**小心点，把握好爱情中的每一个细节，因为你不知道哪个细节是爱情的关键部分，既不能错失良机也不能会错了意。想一想，也确实不简单。**

爱情是一朵同阳花

一滴一滴的血可以汇聚成多么博大的爱之海洋，可以让多少钻石和金银黯然失色。爱无须用宝石和黄金来表达，一滴血就可以将爱写成生命之中最辉煌的一刻。爱无价，情无价，可以将生命都交付给你的人才是你一生最值得珍藏的最爱。别相信太多的花言巧语，别在意更多的诱惑，爱情的价值体现在两个人的心心相印上。

17

在即将和男友结婚的前夕，男友病倒了，被医院诊断为严重的缺血症，需要时常补充新鲜血液。怎么办？她一名弱小女子，除了爱情和一颗爱人之心，不曾拥有财富和地位，只有不言放弃的爱和决心。

还是要结婚。战胜世俗与偏见不仅仅需要勇气和信心，还必须拥有忍受一切的耐心。她不与人争辩，也从不标榜什么。爱一个人应该爱他所有的一切，包括优点和缺点，包括健康和疾病，包括与生俱来的幸与不幸。没有任何理由也不需要任何理由，不用解释也无需解释。爱，会为一切的行为作出或高尚或卑微的诠释。

远比想象中艰难百倍。她努力工作，他也努力工作，却无法填补他用来买血的钱的漏洞。他需要血就像需要水一样，间隔短而且量大。几乎所有的钱都用在了买血上，仍然感到难以为继。那是血呀，因为稀少而价值昂贵的血液！不得已，她身兼两职，夜以继日地忙，和时间赛跑，与生命争夺光阴。还是不行！她想身兼三职，她想节省到每日只吃一顿饭，她还想……可是生活不允许有太多的想象，她病倒了，累得病倒了。他眼睁睁看着爱妻如此不顾性命的奔波怎能不心如刀绞，一个人为另一个人创造生命，别说是身体，心灵上所承受的重压也有千钧之重。

当然不能就此罢休，在现实面前，泪水不值一文。她挣扎着起来，仍然去菜市场捡回剩下的菜叶，仍然围上围裙为他做饭，仍然一刻也不停歇地东奔西走，仍然为每一滴血而劳累忙碌。一滴血，需要付出多少爱的代价；一个对生命的承诺，需要承担多少难以言传的苦难与充满血泪的心路历程。一滴血映照一片爱，那么她为他的付出，足以汇聚成一片血液和爱的海洋。

她想到一个办法。找到医生，她想输血给他，用她的血去滋养他的身体。医生摇头拒绝，不仅仅是因为血型不符，她羸弱的身体根本就不具备输血的条件。但有一则关于献血的条款吸引了她的目光：献一次血，献血者的直系亲属可以免费使用同等剂量的血。

她瞒着他偷偷买了一些补品，一边吃一边流泪，一边流泪一边高兴。几十元的补品吃下去，可以变成几百元的血液献出来，她终于找到了拯救他也是拯救自己的最好的办法：献血。献一次血，他就可以免费用血一次。

等他终于发现她这个惟一的秘密时，她的手臂上已有无数个针眼，她的口袋中已有无数个献血证。他抱着她放声痛哭，爱人啊，如果能让我选择爱，那么一千次一万次一千年一万年，我还要选择爱你，用我的整个生命以及一生的欢乐时光为代价来偿还你的滴血之爱。一滴血，是怎样通过爱通过医生的手再输入到他的身体之中，汇聚成整个生命所需要的营养。

滴血之爱，见证了尘世间最平凡的爱和最伟大的爱的表达方式，证明了一滴浓缩了爱的血液可以承载一个人一生的如海洋般博大宽阔的心灵。

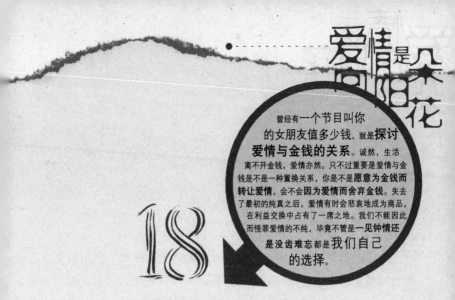

爱情是朵向阳花

曾经有一个节目叫你的女朋友值多少钱，就是**探讨爱情与金钱的关系**。诚然，生活离不开金钱，爱情亦然。只不过重要是爱情与金钱是不是一种置换关系，你是不是愿意为金钱而**转让爱情**，会不会因为爱情而舍弃金钱。失去了最初的纯真之后，爱情有时会悲哀地成为商品，在利益交换中占有了一席之地。我们不能因此而怪罪爱情的不纯，毕竟不管是一见钟情还是没齿难忘都是**我们自己的选择**。

18

　　她爱上他不是因为他是百万富翁，而是他举手投足间流露的成熟男人的潇洒与自信。他也同样爱她，不仅仅因为她靓丽如花，她的才华与能力更让他心动。两人从相遇到相知再到相爱，一直美得如诗如画，让人无端地怀疑爱情的真实性。

　　顺理成章，两人幸福地结了婚。婚后，她主内，除了完成自己的工作外，将家中的一切都收拾得干干净净，有条不紊。他则在外奔波忙碌，一颗向上的事业心时刻处于紧张状态，向着更高的目标奋斗。她支持他的事业，他理解她的支持。两人的幸福和甜蜜惹得众人羡慕不已，真是一对神仙般的伴侣，几乎所有认识他们的人都这样想。

　　由于他的努力，他的事业获得了更大的成功，资产也由原来的百万变成了上亿元。可以说是生活高枕无忧了，但她发现她的婚姻开始出现了裂缝。像所有类似的家庭一样，他开始以工作忙为借口，后来以应酬多为理由，再后来干脆不再解释就夜不归宿了。

　　她不甘心苦心经营的一切就这么容易毁掉，她劝他，苦口婆心，声泪俱下。他打着哈欠，解下领带："别再疑神疑鬼了，我够忙够烦了，你别再添乱好不好？"

爱情是一朵向阳花

她又改变了策略。先是检讨了自己的不足和疏忽，然后就更尽心尽力地维护这个家，把一切做得更好。但收效甚微，他只是敷衍地夸她几句，依然我行我素。一切真的无可挽回了吗？她开始又哭又闹，吵到他精疲力竭。终于他火山一样爆发了："别再给我讲什么爱情，人间哪里有真情存在？就像经商一样，什么不是尔虞我诈？你当初肯嫁给我还不是因为我有钱！"

心中有什么东西轰然倒塌了，她才明白一直以来他心中的结原来在这里，她在他心中竟是这样的形象！她心如死灰，对他说："给我一百万，我就不再纠缠你；给我一千万，我就同意离婚！"他想也未想地掏出支票，刷刷地写了一个数目给她，然后转身离去。

是一百万！他心中并未将她完全清除。她叹了一口气，终于知道一个女人不能把爱情当成生命当成一切，她拿起一百万走出家门。

两年后，两人离了婚，是他先提出来的，并且许允给她两千万。她摇头拒绝："我们之间的感情就值一百万，你已经付给我了。我不需要额外的怜悯。"其实她现在已是一家大公司的股东，个人资产也已超过两千万。这一切都是他给她的一百万带来的。

时间可以抚平伤痛并教会人们遗忘，也可能让生活或平缓或跳跃或倒退着前进。经过几年的经营，她最初的一百万已增值无数倍，她本人也成为赫赫有名的女企业家。而他的生意几起几落，又一次跌入了谷底。正当他与一家公司达成协议时，却发现资金缺口达一百万。怎么办？由于他近来信誉降低，此时竟连一百万元都借不到。

他意外地收到了她的信，信中夹了一张一百万元的支票。她告诉他，当初爱上他完全是因为爱他的人，与他一百万元的财产无关，现在还他一百万元，因为他曾经的爱。虽然真情的价值无法用金钱衡量，但她仍然希望他能明白，在关键的时刻，真情远比金钱重要，远比金钱更能打动人心。

当初，他用一百万来买断她的爱情；如今，她用一百万来回报他的呵护。真情无价，但有时确实需要用一些世俗的东西表现出来。所以从一开始就把爱情当作全部的女人一定要明白，爱不是生命的全部，真情的价值也是用平等来衡量的，更多时候，当你完全依附于他，失去了人格上和经济上的独立，你所付出的真情会在他心中贬值，甚至会一文不值。这是悲哀也是无法回避的现实。❖❖❖

爱情是一朵向阳花

年少时的轻狂与真诚会带来一生的**刻骨铭心**，多少年后再次遇到初恋情人一样会**怦然心动并且难以释怀吗**？生活从来不会给出答案，只会提出问题。爱情**永远是人类难解的谜**，没有一个完美并且让所有人都信服的惟一的答案。我们都在慢慢长大，也许今天的感觉不是明天的感动。**谁知道呢？**在春天里谁会预言秋天的果实是不是丰收呢？

19

　　她转学到他们班上时他正上高二，正是混沌初开却又不知深浅的人生季节。她的美丽与高傲令他震惊。心中升起的感觉正好印证一个他以前从不相信的成语：一见钟情。

　　然而少年的心事敏感而又脆弱，她不会在意他的存在，而他又怎样才能在看似不经意间闯入她的视线内。这是在任何考试中都不会出现的最高难度的难题。他辗转反侧，苦思冥想，却终一无所获。

　　后来他发现她的语文学得极棒，写起文章来如行云流水，令所有人叹为观止。她被大家选为语文课代表。不巧的是，他的语文成绩向来最差，别说作文和语法知识，有时连一个小小的简单的成语也搞不懂是什么意思。这样一来他更加自惭了，感觉再也没有理由甚至没有资格去接近她。

　　那一次他正在写一篇作文，想要用一个成语来表达一下终生无法忘记的意思，绞尽脑汁半天也没有想出来。去问同桌，同桌摇头说不知。看看教室，正好除了她之外再无他人，他忽然心跳加快，自己也不知哪里来的勇气，三步并成两步走到她面前，用极大的声音将他的问题说了一遍。

她正低头看书，显然被他的声音吓了一跳，抬头看他紧张的样子和有些焦急的神态，便没有好气地说："不会吧，高中生连这么简单的成语都想不出来，你的语文功底太差了。"他没想到她会说出这样的话来，顿时面红耳赤，一言不发地站在那里，不知该如何是好。她却乐了，说："好，你不用着急，我告诉你。"她顿了一顿提高了声音："没齿难忘！"

他感到有一种什么东西被打碎了。年轻时有许多事情不需要理由，偶像的建立和粉碎也是如此。幻想破灭后理想便会重建，他不发誓也不给自己确立伟大目标，只是埋头学习，发奋用功，将一种东西深埋在心中。

不知不觉，许多年过去了。从年轻的小溪步入中年的大河，不仅仅是生活的道路宽广了许多，视野也因为站立的高度而变得开阔。他已成为一位颇有影响的作家，作品被到处发表，被各种出版社争相出版。

在一次签名售书的活动中，他意外地遇见了她。她请他签名，笑问："不知作家先生还是否记得我这位高中同学？"岁月风尘可以剥夺人的容颜和锐气，却无法磨平心中刻骨铭心的记忆。他淡然一笑，说："当然记得，而且今生也不会忘怀。因为当年的你教会了我许多东西，使年少时的我认识了两个值得永远珍藏的成语。"

她惊问是什么成语，他轻轻地说："从一见钟情到没齿难忘。"

爱情是一朵向阳花

许多时候我们不愿意承认这样的一种事实：**年轻时的承诺真的无法承载以后漫长岁月中的风霜！**时间在流逝，我们在变！不管是变得成熟还是世故，冲动还是伤感，总之年少时的激情不再，曾经认为永远的爱情因为眼光的改变而改变，因为世界的变化而变化。承认也罢，故意回避也罢，我们都不愿意放弃永久。其实好好想想，**钻石的价值为什么远远大于宝石呢？**就是因为钻石有足够的耐心与毅力去实现自己的目标与愿望。

20

　　刚谈恋爱时两人是学生，自然很穷，只能到学校附近的一家小饭馆去吃清汤挂面。每一次两人都会微笑着对老板娘说："清汤挂面，一人一个鸡蛋。"然后她又会补充说："一个碗里多加些香菜。"他爱吃香菜，她一直牢牢地记着这一点。

　　两人一起面对面吃清汤挂面。尽管小饭馆的灯光有些昏黄，但并不妨碍两人互相注视对方的脸。一个微笑就一口面条，或者你推我让地送给对方半个鸡蛋，仿佛一碗面条就可以吃到天荒地老，吃到爱情传说中的永远。当年吃清汤挂面的一幕不知羡煞了多少路人的目光。

　　后来两人毕业后都留在了大城市，两人都忙，来去匆匆间再也没有时间温存片刻或者回忆起从前，仿佛过去的贫穷岁月全是耻辱与辛酸，但两人仍然相爱着，并且商定将婚期定在二十一世纪的太阳升起的那一天。

然后有一天，不知道是什么原因，两人大吵了一架。事后，他平静地提出分手，她犹豫了一下，竟然找不到心酸的感觉，点头答应了。好合好散原来这么容易。他最后提议，两人再去吃一次清汤挂面。

　　他们驱车去找原来的小饭馆，小饭馆却早已不知去向，取而代之的是一座摩天大楼。原来世事变迁的不仅仅是他们。他们便开车四处寻找，奇怪的是当年随处可见的小饭馆如今却遍寻不见。无奈，两人只好去了一家大酒店。

　　在三十层的旋转餐厅里流光溢彩，通过巨大的落地窗可以鸟瞰这个城市，只是物是人非，他和她，在时间的流逝中成熟了还是迷失了？

　　侍者恭敬地问他需要什么，他随口答道："清汤挂面，一人一个鸡蛋。"她在一旁补充："一个碗里多加些香菜！"侍者一愣，然后笑："两位真幽默。要不尝一尝本店新推出的龙虾？"两人随即明白，在如此的高档酒店里绝对是不会有清汤挂面的。刚刚产生的心有灵犀一点通的感觉消失殆尽。

　　吃着龙虾，俯看这个城市的灯火辉煌，却无论如何也找不回当年的感觉。他尴尬地冲她笑笑："对不起，我失败了，还是找不到感觉。"她也笑："我也是，彼此彼此。"

　　在时间的流逝中，是生活改变了我们，还是因为我们的欲望而改变了生活？从清汤挂面到龙虾，从小饭馆到摩天大楼，生活并没有告诉我们答案。生活一直在沉默，是不是因为我们做得太少而说得太多？❖❖❖

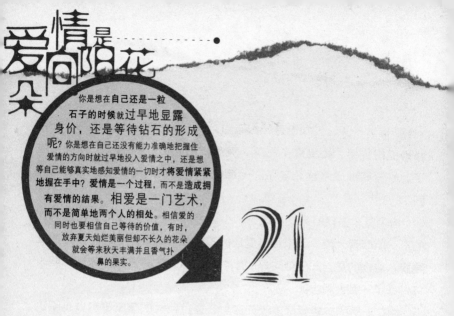

你是想在自己还是一粒石子的时候就过早地显露身价，还是等待钻石的形成呢？你是想在自己还没有能力准确地把握住爱情的方向时就过早地投入爱情之中，还是想等自己能够真实地感知爱情的一切时才将爱情紧紧地握在手中？爱情是一个过程，而不是造成拥有爱情的结果。相爱是一门艺术，而不是简单地两个人的相处。相信爱的同时也要相信自己等待的价值，有时，放弃夏天灿烂美丽但却不长久的花朵就会等来秋天丰满并且香气扑鼻的果实。

朵儿一直在笑，像一朵含苞待放的花。我有些心动，有些意乱情迷。可是不行，朵儿长大了，但长大了的朵儿还是我的小妹妹。

朵儿在我家住了八年。八年前姨妈将拖着鼻涕的朵儿交给我妈，说："朵儿就当你的女儿吧！"朵儿不认生，走过来拉住我的手说："哥，帮我擦鼻涕！"姨妈和老妈两人都大笑不止。

姨妈临行前，又对我说："姨妈没时间照顾朵儿。朵儿就是你的亲妹妹！"我昂起头，努力把自己扮演成一个男子汉。我比朵儿大三岁，这我知道，所以我要证明给姨妈看。姨妈流着泪走了，朵儿却缠着我要我陪她打游戏，不看姨妈一眼。姨妈又哭又笑地骂朵儿没心没肺。

朵儿几乎成了我的影子。许多小伙伴都对我突然冒出一个这么大的妹妹颇感惊奇。但是小时候的朵儿太不争气，又瘦又小的黄毛丫头不但不出众，在一起玩耍时还要被人训斥。

但谁能料到时间是一只有魔力的手呢？不几年时间，朵儿就长成一个亭亭玉立的大姑娘了，明眸皓齿，长腿细腰，小小年纪美丽已开始锋芒毕露。另一个不争的事实是，朵儿口中甜蜜蜜的哥被她自作主张取消了，取而代之的是我的大名。好在朵儿还是很尊敬我这个当了几年的哥哥的，直呼大名时总是报以一个微笑。在朵儿的微笑中我便跑前跑后地为她买冰淇淋，陪她逛街，任由她调遣。

不知不觉中，朵儿上了高中。上了高中的朵儿愈发漂亮与引人注目了。朵儿渐渐有了心事，一副欲说还休的样子。作为哥哥，我觉得十分有必要提醒朵儿当年姨妈的重托。因为在当地没有好学校，姨妈才将朵儿送到我妈手中，是为了让朵儿日后能念一所好大学，能够成长为一个优秀的女儿。我便日日提醒朵儿除了学习便是学习，不可理会小男生无聊的纸条和油嘴滑舌的甜言蜜语。虽然我正时值高考，时间也宝贵如黄金。

朵儿往往不说话，只冲我点头以表示同意。我怀疑这是朵儿的表面策略，就更加深入地对她讲起青春中的好奇与冲动。为了让朵儿百分之百地相信小男生心中有鬼，我不惜出卖自己的隐私将当年我对本班一漂亮女生的想法和感觉和盘托出，并以此类推推而广之，让朵儿理所当然地明白事情的重要性和严峻性。

朵儿终于吃吃地笑了，笑中隐藏着一丝得意与坏意。笑完后，朵儿忽然落落寡欢起来："你怎么知道我会喜欢那些小男生呢？我才不会呢，他们根本就不知道自己该做些什么，而且，他们都太小了，小到他们都不知道自己还小！"

我大吃一惊，朵儿漫不经心地居然会说出如此深刻的道理来，怎么会呢？朵儿的一双眼睛如一池春水，眨也不眨地看向我。我有些慌乱，眼睛看向了窗外："看，和平鸽，真漂亮！"

但事实不可逃避。朵儿让我陪她逛街，碰到几个小男生。朵儿忽然挽住了我的胳膊，昂首挺胸的样子充满了自豪。小男生们全用嫉妒并且有一点仇恨的目光看着我。我明白了，朵儿在演戏，用我做挡箭牌。我正暗自庆幸朵儿的聪明机智时，却感觉朵儿的表情不完全像是伪装，自豪与骄傲甚至还有满足的神态似乎发乎内心。这可不行！等看不到小男生时我甩掉了朵儿胳膊。朵儿不干，又挽了上来，我又一次甩掉，朵儿嗷起了嘴，一边走一边自言自语："有些人就是讨厌，讨厌！不讨人喜欢不说，还故意讨厌！"

小小女孩，竟也有了不为人所知的心思，好笑之余我也有些担心，我该怎样向朵儿说明这一切？用《婚姻法》的知识告诉朵儿表兄妹不能结婚，不但小题大做，还有误导之嫌。怎么办呢？

朵儿还在笑，我便笑笑，对她说："回去吧，我这不已到了学校，你也知道了我的宿舍。你现在高二了，好好学习，考上北京的大学。""不！"朵儿的任性又来了，"我就要上你的大学，和你在一起！"我只好妥协："好好，你要考上了我去接你。你回去上课吧，这儿离你的学校有一段距离呢。"

朵儿不情愿地走了。我有些后悔上了本市的大学，应该离朵儿远一点儿才对！

朵儿上了高三，成绩忽然不再稳定，忽上忽下得让人担忧。我一直想找一个最好的理由说服朵儿，却始终没有找到。我不灰心，下定决心一定要找到一个答案来解答这些谜底。

周日，朵儿拉我上街为她挑选一条长裙。路过首饰柜台时，朵儿被晶莹剔透、美仑美奂的钻石引吸住了，赖在那里痴痴地看，不肯离去。朵儿拉住我好奇地问："那么一大块宝石怎么还没有那么小一粒钻石贵？"

我想朵儿应该明白这样的道理了："朵儿，一粒石子的价格会更便宜许多，为什么呢？因为石子在没有成为宝石之前就迫不及待地想早早得到幸福和荣耀，但是石子本身又远远没有拥有幸福和荣耀的资格，所以它们注定没有身价。而要想成为宝石和钻石，就必须在时间里用耐心打磨自己用知识充实自己，待时机成熟时，一粒石子就会变成身价百倍的宝石或身价千倍的钻石。朵儿，你现在只是一粒石子，想不想成为一粒光彩夺目的钻石？"

朵儿终于点点头，如释重负地说："我明白了，我要等待成为钻石的那一天。"

许多年后，当朵儿和她相当出色并且十分优秀的先生共同步入红地毯时，我送给朵儿的礼物是一粒价值不菲的钻石。我对朵儿说："朵儿，石子变不成宝石，更成不了钻石，它们是不同的元素构成的。"幸福得如怒放的鲜花的朵儿说："我早就知道了，初中时就学过这些知识。只是我不明白从石子到钻石还有这样美妙的传说和深刻的道理。"

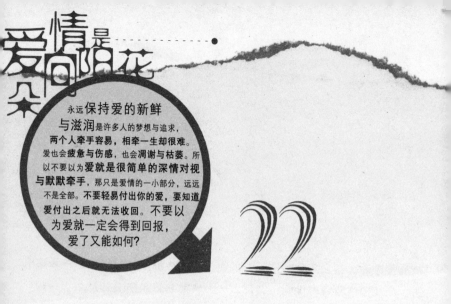

爱情是阳台上一朵盆花

永远保持爱的新鲜与滋润是许多人的梦想与追求，两个人牵手容易，相牵一生却很难。爱也会疲惫与伤感，也会凋谢与枯萎。所以不要以为爱就是很简单的深情对视与默默牵手，那只是爱情的一小部分，远远不是全部。不要轻易付出你的爱，要知道爱付出之后就无法收回。不要以为爱就一定会得到回报，爱了又能如何？

22

许多年前，她爱上他时她只是一名刚刚参加工作的新人，而他却是她所在公司年轻有为的老总。她毫不掩饰她的爱，丝丝关心些些关怀都是爱真心的体现。当然有不少人反对，向他提醒她卑微的地位和他身处的高层，也许她是因为这些身外之物才爱上他。他淡淡一笑，不理会他人的提醒和看法。因为他明白，爱，是不能伪装成滴水不漏的关爱和一丝不苟的体贴的。一举一动中都有爱的流露，只有心中充盈着爱的人才会如此天衣无缝地做到这一切。

世事轮回。他犯了一个不该犯的错误，被捕入狱。她声明等他，尽管他和她并没有婚约，她却承担起一个妻子应该承担的责任，为他做力所能及的一切，劝慰他丝毫不要沮丧，要到出来时依然保持向上的姿态和信心。在她的鼓励下，他做到了，并且做得很好。出狱后，他和她结了婚。

他要做他的事业，准备东山再起。她也要做她的事业，想证明自己也可以。两人并肩作战，各自在自己的事业上苦心经营，终于各有所成。多么令人欣慰的一切啊，苦尽甘来，仿佛所有的前景都是一片光明都是一帆风顺。

然而事情往往在人们的意料之外，她在生意上被人诈骗，因受到牵连而被起诉。而这时的他在事业上却到了最关键时刻，不能有丝毫放松。该怎么办？他没有片刻迟疑，丢掉了所有的生意握住了她的手和她站在了一起。最后她胜利了，但事业却没有了。他的生意也因为延误了最佳时机而被对手抢占了先机。两人又回到了从前。

从头来过。这一次两人没有分开，一起携手经营共同的事业，风生水起，潮涨潮落，时光飞逝间唯一不变的是两人紧握的双手和两颗合二为一的爱心。经历了许多风吹雨打，两人终于又拨云见日，事业再一次获得了成功，生活也展现出久违的笑脸。

此后一直顺利，但不管工作多么繁忙，时间多么紧迫，两人总是腾出时间每天聚在一起自己精心做一顿饭吃，前前后后要花掉几个小时的时间。而且两人在吃饭时百说不厌的话题都是当年他对她的帮助或她对他的帮助，他对她表示感谢并敬她一杯酒，她对他表示感谢并敬他一杯酒。百吃不厌的是当年他们初次约会时点的一道菜，所有的一切庄严而隆重，而且他们还拒绝他们的孩子参加。

　　似水流年。眼看身边有许多的老朋友或离婚或分手或明里暗里各有情人，只有他们二人依然恩爱如初，经过这么多年的风风雨雨，爱就像刚刚从树上摘下的果子，带有清香和露水的清新，新鲜得让人羡慕不已。

　　后来两个人都从原有的位子上退了下来，把事业让给了年轻人。两个人还如以前一样携手而行，早起一同锻炼，然后一起买菜一起回家做饭，吃饭时又是当年千篇一律的老掉牙的故事。没有外人听他们自己听。

　　有一天，他先走了。她抓住他的手说："你先等我一下，我化个妆再跟你走。"一个小时后，她无疾而终。人世间有这样的爱情故事，自始至终他们所做的就是让爱醒着，不让爱有丝毫感到疲惫和困倦的时候，这样，爱不管卑微或高尚都在我们身边真实而又固执地存在着。让爱醒着，让所有通向爱的大门永远敞开，让我们透过人生花园看见那些五颜六色的爱的花朵是如何的迎风而舞如何的美不胜收又是如何的永不凋谢。▸ ▸ ▸

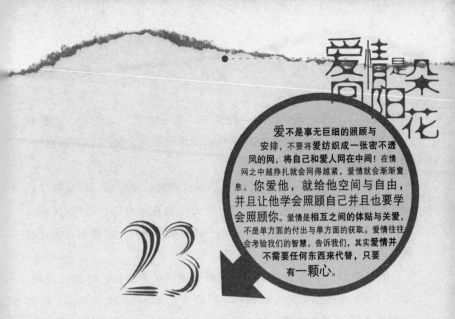

爱情是朵向阳花

爱不是事无巨细的照顾与安排，不要将爱纺织成一张密不透风的网，将自己和爱人网在中间！在情网之中越挣扎就会网得越紧，爱情就会渐渐窒息。你爱他，就给他空间与自由，并且让他学会照顾自己并且也要学会照顾你。爱情是相互之间的体贴与关爱，不是单方面的付出与单方面的获取。爱情往往会考验我们的智慧，告诉我们，其实爱情并不需要任何东西来代替，只要有一颗心。

23

恋爱时，她爱他英俊潇洒，才华横溢，费尽心机讨好他，终于几年相思一朝如愿，她嫁给了他。

结婚后，她尽心尽力对他好，大到出门穿衣打扮，小到见什么人说什么话，她事无巨细，一一帮他打点好一切。她给他做饭、买衣、洗衣，全心全意做一名全职妻子，为的就是牢牢地拥有他的人和他的心。她的爱像一张密不透风的网，用温情和柔情将他网在网中央。他呢，心安理得而又十分满足地享受这一切，男人就是这样，衣来伸手饭来张口的日子都愿意过。

一日，她病了，他翻箱倒柜竟然找不到一粒药片。他要送她去医院，却找不到家中的钱放在何处。临出门时，他又不知道该穿什么衣服。她埋怨他："你真是——要是没有我，你可怎么生活呀？"嗔怪的口气中有一丝幸福感：她是他的一切，他是她的唯一。

等日子平静下来，一切恢复如初，他依然安然地享受着她所创造的一切，她依然努力为他创造好一切。因为没有了一丝家庭的羁绊和家务的缠身，他连年升职，逐渐爬上了人生的高处。而她，由于日益过度操劳，工作上平凡不说，也失去了昔日的荣光与色彩。华发早生，皱纹早生，曾经的玲珑双手也变得憔悴不堪。她开始顾镜自怜：他，会不会对她生厌？

他每日准时回家，不说爱，也从不说她担心的一切，舒适而安心地享受她所给予的种种便利，并且一心一意在她身边。她暗自欣慰：她如此谨小慎微地爱他，爱得滴水不漏，爱到没有一丝差错，他还能再奢求她什么呢？

他去参加一个大型活动，邀请者让他携夫人参加。她喜出望外，精心打扮一番欣然与他一起赴约。在众多五光十色的女人中间，她像一颗失去了光泽的珍珠，黯淡无光，在雍容的女人面前她手足无措。她怎么了，自己惊讶曾经的自信与风采何时已烟消云散？

后来，他再也没有带她出过一次门。再后来，她终于看到了他和他光彩照人的女秘书在一起。她怒极生悲，问他："既然你早就有了二心，为何从未在外面过夜，每日还准时回到家中？"他愕然，说："为什么要在外面？谁也没有你服侍得舒服，我为什么要待在她身边？"

她这才悲哀地发现，女人啊，精心用尽全部的柔情与爱以及一生的心血编织的一张网，总以为可以将所爱的人牢牢地网在网中央，到头来她们才发现网住的原来只是自己。而男人早已逃之夭夭。

有一种人出于纯粹的健康的需要，在食物上极其挑剔，尤其是喝一种咖啡，要喝免咖啡因、免糖、免奶脂的咖啡，既然一切全免，又何必去喝呢？其实爱也是如此。

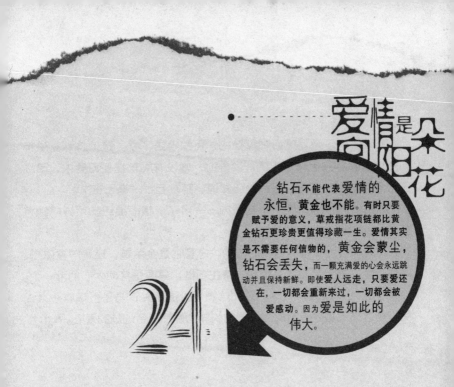

爱情是朵向阳花

钻石不能代表爱情的永恒，黄金也不能。有时只要赋予爱的意义，草戒指花项链都比黄金钻石更珍贵更值得珍藏一生。爱情其实是不需要任何信物的，黄金会蒙尘，钻石会丢失，而一颗充满爱的心会永远跳动并且保持新鲜。即使爱人远走，只要爱还在，一切都会重新来过，一切都会被爱感动。因为爱是如此的伟大。

24.

　　她有一条金光灿灿的手链。金手链依然熠熠生辉，灿然如新，而她的婚姻已名存实亡，她的丈夫经常夜不归宿，留给她的是背影和忧伤。

　　她精心保护着金手链，希望他象她珍惜他们的爱情信物一样珍惜他们的爱情。她始终不肯答应离婚，等着他回心转意的那一天。因为他说过，他和她的爱情就像这金手链一样可以天长地久。每天下午，同事们都会看到她出神的样子，出神地沉思出神地用金手链折射从窗户斜射而入的阳光。阳光被折射后发出炫目的光芒，像一个美丽但虚幻的梦境。她还时常看一些感人的爱情故事，常常被书中的爱情感动得泪流满面。同事们都不肯打扰她的清静，而她的忧伤也从未对别人提及。

　　终于有一天，不知是谁将一盘磁带放在桌上。是小提琴协奏曲《梁祝》。整个下午，同事们都没有看到她出神的样子。她静静地听磁带，扭过脸去泪流不止。而那盒磁带的下面，放着一块叠得方方正正的手帕。

　　她很快离了婚，然后和隔壁的一位同事结了婚。是他将那盒磁带和那块手帕放在她桌子上的。离婚时，她没有向他提任何要求，而且还将金手链还给了她。因为她已知道，那东西根本毫无意义。

　　结婚时，他送给她一条花项链——用花草精心编织的项链。她将项链挂在胸前，笑靥如花。

　　女人都会为爱情的信物而感动，不管它是金手链，还是一盒磁带、一块手帕，甚至是微不足道的一条花项链，只要是打动内心的那一个，只要是让她流泪的那一个。爱的信物与价值无关，与是否保存永久无关，穿过最昂贵的岁月时光，依然闪亮的是那颗金灿灿的爱心。

爱是爱你，恨也是爱你。爱到极致爱中有恨恨中有爱。人生就是一个复杂的谜，爱更是人类心中最难以说清的情感。我们还远远不能了解爱情的真谛与意义，在爱中我们都是小学生，在慢慢地学习爱熟悉爱并且理解爱。生活之中充满了欢笑与泪水，也充满了误解与不平。关键是要记住，心中有爱，爱会如小花猫的尾巴一样，你追逐它永远也追逐不到，你充满信心地向前走，它就会一直跟在你身后。

25

他的妻子善良而正直，因看不惯单位领导以权谋私，愤而揭发。不久，妻子因此受到领导的打击报复，先是调动工作，后来又在一次全体会议上被当众严厉批评。

妻子精神失常了。丈夫无奈，只好精心照料她的生活，希望她能有所好转。但受刺激过大的妻子病情日甚一日，她甚至开始怀疑丈夫也要陷害她。她开始拒绝吃他做的饭菜，她认为丈夫为摆脱她，会在饭菜中下毒。

痛心之余，丈夫只有更细心更周到更有耐心地关怀妻子。但妻子越来越认为丈夫所做的一切是迷惑她，以达到他不可告人的目的。于是妻子开始四处寄检举信，举报丈夫的种种劣行和对她非人的折磨。直至有一天，她跑到丈夫单位，向老局长哭诉了她想象中的一切。终于，老局长痛心而又严厉地批评了丈夫。丈夫默然无语，为了妻子的病情，他承受了所有的误解和责难。他也因此失去了一次极好的升迁机会。

丈夫终于决定将妻子送到医院去进行治疗。妻子在医生面前却表现得冷静而且正常，丈夫喜出望外、以为妻子已经康复。他买了一瓶酒以示庆祝。不料一杯酒下肚，妻子便倒在地上打滚，大喊有毒。待医生来后查明一切正常时，丈夫再也忍不住，他伸手打了妻子一个耳光。

这一个耳光让丈夫付出了惨痛的代价，他失去了同事的信任、领导的支持以及朋友们的理解，，逐渐孤立起来。对于这一切，丈夫无怨无悔。

十几年的岁月就此流逝。丈夫无时无刻的关怀最终没能挽留妻子受伤而偏激的心，两人踏上了离婚的道路。路上，妻子出奇地沉默。走在前面的丈夫回头看一眼走在身后的妻子时，他的心一瞬间被强烈地震撼：妻子单薄的身躯，早生的华发在风中颤抖。而妻子迟疑的脚步终于停住，她忽然放声大哭："我是怕你离开我才这样做的。"爱是爱你，恨也是爱你，在她失常的思维中有多少的恨与无知就有多少的爱与关怀。丈夫也放声大哭。在即将失去的一刻，丈夫十几年厚重的爱终于融化了妻子心中的坚冰，宽容无私的爱创造出了伟大的奇迹。

包括老局长在内，丈夫的所有同事和朋友都泪流满面。因为爱，流点泪算得了什么；因为爱，十几年的委屈和心酸无怨无悔；因为爱，我们知道一个平凡的人如何才能伟大；也是因为爱，我们的心中才永远充满感激和泪水。

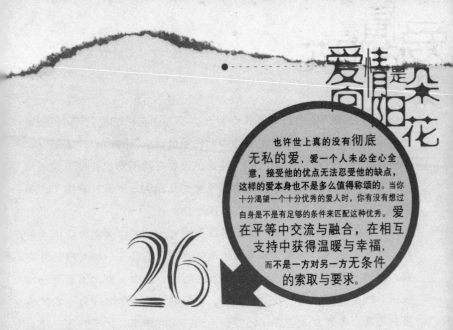

也许世上真的没有彻底**无私的爱**，爱一个人未必全心全意，接受他的优点无法忍受他的缺点，这样的爱本身也不是多么值得称颂的。当你十分渴望一个十分优秀的爱人时，你有没有想过自身是不是有足够的条件来匹配这种优秀。**爱在平等中交流与融合，在相互支持中获得温暖与幸福**，而不是一方对另一方无条件的索取与要求。

　　他和她结婚已经超过六年，从婚后第二年起她就开始感觉不到爱情，因为他早出晚归满身疲惫却总是一无所获。他酗酒、撒谎，工作很卖力却总不得回报。他对所有的一切都不满意，而她也总是指责他不再如以前一样疼她爱她呵护她，他不申辩，甚至在醉酒时还骂她打她。究竟是什么造成了这一切，她不明白，别人的老公总是事业成功风光无限，对妻子也是关爱备至，为什么自己的老公如此无能还如此一无是处？工作不顺心事业失败除了酗酒与打骂老婆什么都不会做。

　　一个十分优秀的男人出现在她的视野之内，向她求爱，诉说她的百般与众不同。她动心了，不过回忆起和丈夫当初的恋爱总是有些心痛，曾经的甜蜜与心醉每次想起都会让她黯然神伤。一遍又一遍，她想起两个人携手走过的风风雨雨，想起自己最初嫁给他时的义无反顾，为什么会一步步走到今天？她思来想去寻找不到他现在的优点，一样也没有！他自私自利，自暴自弃，认为自己对他的厚望都是一种

爱情是向阳花朵

难以排除的精神压力。他不关心自己，不知道自己的爱好与小心思。他只会喝酒与烂醉如泥，在生活中他也全是以自己为中心，从来没有为她买过一次衣服给她讲过一个笑话也没有在雷雨交加的晚上给她一丝安慰。为什么当初如此爱她的男子会如此粗劣与不堪？她流了许多泪想了许多事，终于下定了决心离开他。

她很容易就离开了他，嫁给了几乎拥有一切的优秀男人。生活并非全如人们所想，优秀男人不像世俗的喜新厌旧的人一样对她始乱终弃，爱她一如既往。她的幸福全部写在脸上，连微笑都洋溢着光芒与快乐。她十分庆幸自己找到了真爱，想起前夫，心中竟没有一丝的愧疚与思念。不是女人善忘，她安慰自己，实在是男人太不知道珍惜女人太不知道握紧手中的幸福。

许多年过去了，她几乎完全忘记了他。一天，她和儿子去市里最繁华最高档的商场购物，在商场门口她被一个乞丐拦住。乞丐向她伸出了黑乎乎的手，声音沙哑："夫人，行行好，给点钱让我买口饭吃。"儿子厌恶地躲到一边，她也被乞丐身上的气味逼得后退了几步，正想转身离去，却恍惚中发现乞丐脸上有一处十分明显的痣。她屏住了呼吸，再仔细看了几眼，没错，真的是他！居然是他！他竟然沦落成了乞丐！她一连后退了几步才站住，心中的波涛汹涌澎湃。她几乎呆立了一分钟之久才意识到自己的行为有失身份，就稳了稳神，拿出一张百元大钞递给乞丐。乞丐一愣，看了她几眼。她从他眼中知道他认出了自己，小声地问他："你认识我吗？"心中说不上来是鄙视还是可怜。他的眼睑低了下去，摇摇头说："对于一个乞丐来说每一个人都一样，不一样的是施舍金钱数目的多少。谢谢你夫人，祝你永远幸福。"她又恢复了神气与高傲，拿出一叠钱交给他："都拿去吧，看看能不能做个小生意。"她以为他不会要，谁知他十分镇定地接过钱说："谢谢，我会好好利用这笔钱的。"

回到家中，她心中对他的厌恶逐渐增多，他如此心安理得地接过她的钱，算什么？算是自己对他以前对自己的照顾的回报吗？他何时真正照顾和关怀过自己呢？她真的想不到。她去洗澡，一边洗一边想起以前和现在的种种，不知不觉泪流满面。不是痛苦的泪也不是开心的泪，而是她的眼睛不好，一洗澡就会被洗发水和沐浴露弄进眼睛，然后她的眼睛就会泪流不止。她心中猛的一颤，和他在一起的日子她洗澡时从来没有流过泪，因为每次他给她买的洗发水、沐浴露甚至是香皂都是无泪配方的，有的品种没有无泪配方的，他就给她买婴儿专用的，因为婴儿专用的都是无泪配方的。她的泪水越流越多，尽管身上的沐浴露已经冲洗干净，她的泪水还是无法停止。

　　是什么让他从一个如此心细如此疼爱自己的男人变成现在的样子呢？她想起了自己对他的要求，希望他能给她带来精神与物质上所能享受的一切。他正是因为爱她就努力去做，只是他并不是一个有生意才能的人，也许是自己的压力让他改变了属于他自己的人生轨道。她一边流泪一边忏悔，也终于想通了一个道理：**世上没有无缘由的恨与爱，也没有无一点可取之处的人。**即使他卑微如乞丐，他以前做过的哪怕只是买一瓶无泪配方的洗发水也足以证明他的爱与深藏于心底深处的高尚。 >>>

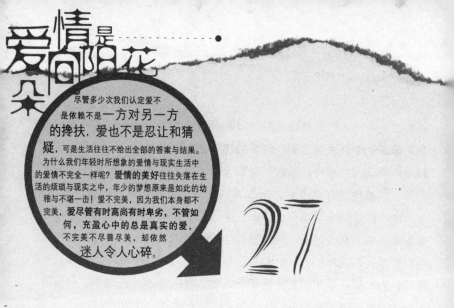

爱情是一朵向阳花

尽管多少次我们认定爱不是依赖不是一方对另一方的搀扶，爱也不是忍让和猜疑，可是生活往往不给出全部的答案与结果。为什么我们年轻时所想象的爱情与现实生活中的爱情不完全一样呢？爱情的美好往往失落在生活的烦琐与现实之中，年少的梦想原来是如此的幼稚与不堪一击！爱不完美，因为我们本身都不完美，尽管有时高尚有时卑劣，不管如何，充盈心中的总是真实的爱，不完美不尽善尽美，却依然迷人令人心碎。

27

其实没有谁对谁错的问题，不知道从何时起她开始发现他喜欢上了喝酒。他的酒量不大，一喝就醉，一醉就睡。开始时她埋怨指责他不该醉酒，他听了，收敛几日后又旧态复发。她再次提醒他，他就会再次戒酒数日。如此反复几次，她觉得确实不应该管他太多，虽然他爱喝酒并且经常喝醉，可是他醉后不吵不闹只是安静地睡觉，男人谁没有几个不太好的爱好呢？

她开始见怪不怪，他开始越喝越疯。有时很晚他才回到家中，吐得满地都是。她帮他收拾、洗漱，扶他上床休息。再后来，他回来后直接在沙发上一躺就呼呼大睡，她也懒得管他，让他顺其自然也好。慢慢地，她越睡越踏实，有时连他何时回来都不知道，睡得十分香甜。她认为爱他就应该给他一定的自由和空间，既然他喜欢这样，就让他随便一些好了。

果然，他的酒越喝越少，渐渐的从两三天一醉变成了一周一醉，再从一周一醉变成一月一醉。不过他回家晚的习惯仍然未改，因为他又迷上了和朋友聚会，在一起海阔天空地聊天、打牌，从半夜回家逐渐过分到夜不归宿。她从开始的不能忍受到一点点地适应他的转变，有一次他凌晨两点才回来，她被吵醒，感觉十分困乏，就说了他几句。他突然发作起来："我打牌打输了原来是你的原因，为什么其他人回家没人吵没人烦而你却总是烦我？我是男人，需要有自己的空间和爱好。"她低头嘤嘤地哭了起来，半天不见他来劝，抬头看时他已经睡着了。看着他一脸的倦容与疲惫，她忽然觉得其实男人有时也真的很累，就让他放松地去玩吧，自己习惯了也就好了。很快不管他回来多晚她都能十分甜美地入睡，丝毫不被他的动静惊醒不为他的晚归生气。有时一觉醒来她发现他躺在地上睡得十分深沉，她会甜蜜地笑笑，轻轻地用手掠过他的脸，心中会有一丝甜甜的满足感：他一定会感到高兴和幸福，因为他有一个十分善解人意并且体贴他的老婆，她给他时间和空间，丝毫不让他感觉到婚姻的拘束与束缚，让他在放松与随意中体验自己真切的爱。

爱情是一朵向阳花

　　不久，他不再喜欢打牌与聚会，而是开始在家中挑三挑四，挑她做的饭不够好，挑她炒的菜不够香，挑她打扫的卫生不够干净，挑她穿衣打扮不够合体。总之他总是有理由指责她的不是，仿佛她是世界上最没有优点的人，她所做的一切全部都是不是，她所有的解释全部都是无理取闹，凡此种种，她几乎被他快要气疯了，她冲他发火冲他大喊大叫，他不再说话，竟然变得温柔起来，低下头一副认错的样子。她就心软了，说话的声音就小了下来，就向他承认自己的不对之处，希望他能够体谅自己，当然，她也会尽力地体谅并且关心他。他叹了一口气，一句话也没有说转身走开了。

　　日子就在他不断地增加新毛病替换旧毛病中一点一滴地流失，不知不觉两个人的婚姻走过五年。他的花样似乎不再翻新了，很少再出去呼朋唤友，很少再去喝酒，只是在家中呆坐，郁郁寡欢。她不明白他为什么不开心，总是想法对他好一些，再好一些，对他迁就一些，再退让一些。（退让的最后竟然是无路可退）而他还有什么理由不高兴不快乐呢？她问他，他从来不说。

　　结婚六周年的时候，她打算好好庆祝一下。他却郑重其事地拉住她说："我们离婚吧！"如晴天霹雳，她不知道为什么会听到她做梦都无法想到的一句话。她和他的婚姻明明是很美满的呀！为什么？我对你不够好对你不够忍让做得不够多说得不够少？这到底是为什么呀？她泪眼迷离却清楚地看到他一脸的坚定："正是因为你做得太多说得太少对我太好，男人都是需要女人管的你知道吗？我回家晚了你不管不问，我在地上和沙发上睡你视而不见，我对你发脾气你不动声色，我们是夫妻是平等的两个人，你为什么要对我忍让再三？其实我全是故意这么做的，希望能引起你的注意让你责怪我约束我。我回家晚了你可以骂我，在地上睡着了你可以把我打醒，这样我才会觉得你是真的爱我真的在关心我。我回到家中不管做什么你都不加制止不发表你的看法，就当我不存在一样。这样的婚姻真的有存在的必要吗？"

她终于伤心欲绝地明白原来女人用万种柔情和一腔爱意精心制造的爱情假象，自始至终只有她一个人在戏中自编自演。而那个让她牵肠挂肚的男人根本就在戏外绝望地看着她并且认为她的心中一点也没有在乎他。这是怎么的一出让人难以接受的悲剧呀！爱你才会折磨你？在爱中流连忘返的女子千万不要被男人的小小心思所欺骗，放手尽管是一种信任与爱，而抓紧手中的以爱的名义编织的约束之绳有时也会让男人感到被束缚的爱的快感。

爱情是一朵向阳花

28

　　爱真的全是高尚与完美吗？犹如黄金，有24K纯金自然就有掺杂其他物质的纯度不高的18K甚至14K金，爱肯定有高尚完美之爱也有自私低劣之爱。爱有高低，出发点有正常也有扭曲，同样也是爱，能接受多少曲解与不平呢？

　　灵和雨是同学，两个人相识多年知交也多年。雨后来和湖恋爱，两个人终成眷属。灵是很文静很内秀的类型，而雨是外向型的开放女孩，在和湖恋爱前，雨曾经与无数男孩恋爱并且发生过性关系，甚至流过产。湖对此一无所知。而灵却一直在暗恋着湖，却苦于与雨的关系而无法言明。多少次灵都暗自责怪自己的笨与胆怯，面对雨的大胆与热烈，灵丝毫没有与雨争夺的勇气与决心，更何况雨是她的好朋友，许多心事都讲与她听。湖是很诚实很帅气的一个男孩，被雨的主动追求和漂亮震惊了，没多久就被雨俘虏了。湖哪里知道雨是玩够了玩累了想找一个可以安心过日子安心陪她的男人当老公，湖的老实与本分成了雨最好的选择，而且湖是如此的善良并且容易被欺骗。湖不久就和雨结了婚，灵也在同一个城市居住，一直一个人，把心中对湖的爱与眷恋深深地埋藏在内心深处，轻易不肯触及。

雨常常在灵面前诉说自己的幸福与美满，也会讥笑湖的笨拙与善良："他根本就不知道其实我并没有多少爱给他，只是我是一个女人，不能总是在外面游荡，总是需要一个家来遮风挡雨，更需要一个笨笨的男人为我承担一切。他真的不知道的，灵，我怀孕了，可是孩子不是他的，他还高兴得不得了。"灵听了心都收缩着疼痛，为什么自己会有雨这样的朋友？为什么雨如此不珍惜不在乎自己手中的幸福？为什么湖如此善良却偏偏遇到雨这样的女子？

雨后来生下一个男孩，男孩的可爱与漂亮让灵看着都心生嫉妒。而雨依然我行我素，丝毫不顾虑湖的辛苦与孩子对母爱的渴望。看着一个小小生命被母亲冷落，看到湖日复一日的忙碌却要蒙受耻辱与羞辱，灵终于忍无可忍，她是多么渴望自己能够成为这个小生命的母亲，因为她是如此地喜欢孩子并且心疼湖。灵把一切都告诉了湖，湖瞪大了眼睛不肯相信这样的事实，但是湖不得不相信灵所说的一切，因为灵所说的一切都与雨的行为相吻合。灵当然没有告诉湖她有意夸大的部分事实，特意把雨说成一个一无是处的女人。湖无法忍受雨对他如此的欺骗与无视，愤而和雨离了婚。灵迅速走近了湖并与他结婚，抱住雨的孩子，灵感觉幸福从来没有如此地逼近过自己，尽管这样的幸福是自己用了手段从雨手中抢过来的。不过灵没有责怪自己，自己的自私出于爱发自善良，远远比雨高尚与纯粹。

爱与爱相比有时真的有高低上下之分，高尚之爱理应代替低劣之爱吗？人性有时远远比我们想象的复杂。✖✖

他与她是患难夫妻，多少年风风雨雨都平安度过了。一次两个人开车遇到了车祸，他摔成重伤，无法动弹。她四处求医问药，为他不远千里不畏艰险独上深山采摘偏方草药，却不慎跌入山谷，差点没命。虽然遇救，却在后背留下了一条长长的伤疤，深及骨头。他在她的悉心照顾下终于好转，一切恢复正常。两个人的事业越做越顺利，终于赚得了百万家产。

　　他却变了心，有了更年轻漂亮的情人。她是在他的钱包中发现了他情人的照片，是裸照，确实年轻亮丽，比她强上百倍。她找到了他的情人，在许多人面前十分平静地说："我是没有你漂亮没有你年轻，只是你不知道我比你更爱他，爱他爱到了骨子里。我没有拍裸照，因为我知道自己的裸体不漂亮，而且背上有一条十分丑陋的伤疤！"说完她在众人面前脱下上衣，露出了背上伤及骨头现在疼到心里的伤痕，"只是，这条伤疤是为了救他才从山上摔下的！"漂亮情人惊呆了，一下子跪在她的面前："大姐，我对不起你，你的爱是高尚无私的，我的爱是自私卑劣的！我知道错了。"

　　爱是付出，多与少自有心中的秤与良心。

　　更多时候，我们引以为豪的爱并不是纯正与不含任何杂质的，在爱中，同样有自私与卑劣，同样有无耻与虚荣，同样有高尚与完美。我们不能苛求所有的爱都是24K纯金，金灿灿的放射出高贵与纯粹的光芒。爱只是人类感情的一种，与恨一样，有时总有那么多的杂质与不甘心，不过爱就爱了，只要有爱，就有了一步迈进天堂的可能。

爱情是朵向阳花

将爱放进生活的坛子，然后密封，用一定的时间去培养去发酵，看看爱到底能不能经受住时间与空间的考验。时间一到，也许爱会泡制成芳香四溢的生活美味，也许爱会变质变坏，再也无法食用只好弃之。爱没有一份可以保一生一世的保险，同样，爱也不能等待太久，没有人可以保证将来，也没有人可以为爱保证永远。

29

妻子来自贫困山区，初恋时，他爱她的纯朴与天真，就像一朵百合花的清香与脱俗。而且她还有一手令人称绝的制作咸菜的手艺，据说得自母亲的真传。在他们的学生时代，她的腌菜与笑声伴他度过了许多清贫且快乐的时光。

结婚后妻子依然勤俭持家，他在外奔波忙碌，忙生意忙事业。妻子在工作之余仍然大量腌制咸菜，尽管随着阅历的增长与遍尝山珍海味后的挑剔他越来越不喜欢妻子的咸菜，但是在回家之时坐在饭桌上喝上一口热气腾腾的小米粥，再就上妻子精心腌制的小菜，也是别有一番风味另有一种回味的。所以对于家中总是飘散的淡淡的咸菜味道他说不上喜欢也不至于讨厌，反而让他感觉更有家的气息。

他在家的时间越来越短，应酬越来越多。多年的大鱼大肉让他的味觉麻木并且迟钝，慢慢地对妻子的咸菜先是不满然后挑剔最后干脆就难以下咽了，妻子告诫他多吃些咸菜有益于身体健康，他不听，没有时间听也没有心思想。因为妻子的身影渐渐地被另一个更年轻更俏丽的身影所代替，而她的新潮与前卫让他着迷并且为之疯狂。

一日两人共进西餐，她忽然皱起了鼻子，指着他的身上说："你身上怎么总有一股烂咸菜味？要知道你现在是成功人士，要注重身份与影响！"他嗅了半天也没有嗅到咸菜味道，她笑他："你天天在咸菜坛子中生活当然闻不到烂咸菜味道了，我估计你的身体从里到外都被咸菜浸过一遍了！"他恼羞成怒，回到家中再闻到咸菜味道感觉是如此的臭不可闻，责令妻子立即将咸菜坛子全部扔掉，从此家中再也不许腌制咸菜！妻子诧异地看着他半天，终于点点头说："好，喜欢由你，不喜欢也由你！"

几天后家中的咸菜坛子全部清空，连咸菜也被妻子送给了邻居与朋友。妻子还买来空气清新剂和鲜花，家中的味道与感觉焕然一新。他看到后只是扬了扬眉，心中有些感动却什么也没有说。在她的带领下，他现在已经开始吃西餐，要做一个有品位有层次的成功人士。他吃六成熟的牛排，吃汉堡喝红酒，品味沙拉与鱼子酱。不再大鱼大肉的他进食仍然是高蛋白高脂肪的食品，在自以为的潇洒与品位中，他的血压升高，健康日见下降。

忽然有一天家中再次出现腌制咸菜的味道，他大怒，让妻子扔掉。妻子坚持不扔，说只要坚持　一周的时间即可，她只需要她给他一周的时间。一周后果然咸菜味道不见了，晚上睡觉时妻子却拿出三粒花生让他吃。他一把放在嘴里，酸得差点吐出来："是什么？"妻子笑着说："别管，只管吃就是了。"他只好硬生生吃下。

以后妻子每晚都让他吃酸花生，开始还能坚持，吃过几次后也觉得花生酸中带香，很是好吃。却被她再一次闻到身上的酸味，命令他不许再吃，否则要他后果自负。他终于还是听从了她的话，回到家中告诉妻子他再也不吃酸花生了。妻子半天无语，终于还是默默地收拾了坛子，连坛子一起送与了他人。

春节时她约他出去旅游，却被老母亲唤回老家。才呆三日就想离开，老母亲把眼一瞪说："住上七天再走。"母命不敢违，他只好度日如年地住了七日。七日里，总是感觉有一股熟悉的味道淡淡飘散，经久不去。

终于挨到了第七日，要走时，母亲包裹好了一玻璃瓶的花生米给他说："这是醋泡花生。需要选用上好的饱满的花生放在坛子里用醋泡上，然后将坛子密封起来，一周后才能食用。每天晚上吃上三四颗，可以防止高血压。"原来母亲强留他七日是因为母亲的爱需要七天的时间来密封才能醇香持久，才可防病健身。

回家的路上才想起妻子给他腌制的醋泡花生，鼻子之中似乎嗅到了家中淡淡的咸菜味道，冲入鼻子之中竟然激发了泪水。许多爱是需要时间来密封并且珍藏的，他竟然没有领会到妻子对自己的关心与爱护，在生命之中真正与你相依相偎的人其实是把关爱放在醋中把关怀密封起来用许多时间去慢慢发酵并且泡制成醋泡花生的人，而不是与你共享人前人后的风光与赞美而不顾虑你一转身之后是不是面露愁容身生虚汗的人。

在回家的路途中他又买了数个坛子，他决定，要好好和妻子学习一下腌制咸菜的技术，如果可能的话，他还想给他认识的许多朋友也送一些，让他们也尝尝生活之中最真实的味道，告诉他们其实许多时候甜美的食物只是一时的味觉快感，而有时往往简单如醋泡花生却可以防止高血压，却是生活中最能体现爱与关怀的食品。

有时我们会赞美忠诚和坚持，相信考验的力量可以完全看透一个人并且对他做出最后的一生的结论。考验，真的有如此巨大并且诚实的力量吗？ ❖❖

是啊，考验，不能等待太久，爱情也不能急于求成不能长久地等待无望的结果。爱情在真实中有梦想，在梦想中有真实，在等待中有希望，在希望中有一点点的可以接触到的感觉。爱情是一朵真实的向阳之花，应该顺应季节与阳光，只有阳光充足季节适合才会苗壮地成长并有可能长成参天大树。别让自己的爱情之花过早的开放，因为缺少阳光而凋谢，因为遭遇冷风而枯萎。让爱情盛开在适应的季节与时间吧，这样的爱情之花才会长久才会最终结出沉甸甸的果实，让一生的旅途充满的爱与阳光，有享之不尽的爱之美食与芳香。

30

　　一个女孩爱上了一个男孩，而男孩也爱她爱得如此之深。不过女孩有时会怀疑幸福是否能够长久，而男孩对她的爱是不是纯粹如水晶不掺一丝杂质。女孩貌美如花，家境厚实，男孩相貌平平，家庭贫困，女孩始终怀疑男孩的爱中掺杂了太多的功利和与爱无关的其他因素。怎么样才能知道男孩真正的心意与心底深处的秘密呢？女孩决定对男孩进行考验。她先是装穷，告诉男孩她的家庭因为一次生意上的失败而变成了一无所有，男孩不为所动，抱紧了女孩说："你不是还拥有我吗？我们拥有双手，可以自己去创造明天。"女孩心中掠过一丝感动，不过她觉得仍然不够。女孩找到一位医生朋友，让他协助自己一起欺骗男孩说自己因为一次意外毁了容，当然不是真的毁容，女孩只是把自己的脸用布包起来，不让男孩看到。

　　心急如焚的男孩去看望女孩，却被医生挡在门外。医生有充足的理由不让男孩接近女孩，并且传达了女孩的意思："她已经面目全非，不想再见到你，也不想再伤心，你走吧，永远不要再来看她。"

男孩不肯，说什么也不离去。争执不休之时女孩打电话给她的一位好友，希望好友和她一起把戏演下来，让好友出面来安慰男孩。好友劝女孩不要太过分了，女孩不听："考验他就要彻底，我不能把幸福托付给未知，我一定要知道在他心中我的分量到底有多重！"好友拗不过她只好答应了她。

好友陪男孩散心，陪男孩聊天，安慰男孩受伤并且担惊受怕的心灵。渐渐的，好友被男孩真挚的爱和真实流露的情感感动了，认为其实男孩几乎就是世界上最好的男孩。一周，两周，女孩始终坚持时间能证明一切的真理，咬紧了牙不与男孩见面。男孩痛不欲生，好友的安慰也无济于事。终于好友无法忍受男孩每日以泪洗面，小心地告诉了男孩真相。男孩惊呆了，他不相信眼前所发生的一切居然是捏造的事实。男孩愤怒了，他直接找到女孩质问为什么要这样对待他的爱。女孩扑入男孩的怀中，声泪俱下："我怕自己的幸福不能永远，所以我想这样的考验也是对你的爱的一次真正的检验。我很高兴，你通过了我的考验。"男孩强忍着悲愤与不满："生活中并没有这么多的可能，也没有人可以保证永远的幸福。你让我给你保证，你能给我保证吗？"

我们为何常常会把生活中的不可能强加于人并且期望得到满意的回答呢？就像一个老套的几乎人人都知道的问题：**妈妈和妻子同时落水你会抢先救谁？进而推广到老婆和儿子同时落水先救谁？老婆和情人同时落水先救谁？**且不说这种可能发生的几率极低，就是真的会发生这样不可能的事情也要先知道这个肩负重任的男人会不会游泳？他的泳技是不是能够让他在水里救起一个挣扎求生的人？即使肯定了前两者我想最后男人救起来的可能是离自己最近的那一个，这与亲情和爱情无关，只与事实和此情此景有关。

爱情是一朵向阳花

一家公司为了考验员工对公司的忠诚度，出了一道试题让员工们回答：如果公司需要你付出离婚或者抛弃朋友的代价，你的选择会是什么？如果公司的生死存亡系在你一人之手，你会乘机对公司提出控股或者其他非分的要求吗？当然大部分员工的回答是公司利益至上，不过估计没有几个人会真实的反映自己的内心。这种考验只是一种无聊的滑稽，把百分之零点一可能发生的事情放在现实面前让人们去选择，百分之九十九点九的人会选择虚假和违心的答案。我们每个人肯定只会把眼前的事情做好，肯定会让身边的朋友开心，至于未发生的事情，谁也不能保证发生时和发生后的情景如何。

一对恋人分手时，他对她说："等我五年，五年后我衣锦还乡再来娶你。"她只用了两年就嫁给了别人。而五年后他确实功成名就回来了，不过一切都不再如初。他质问，她回答："我等了你两年已经够长了，五年的时间太长了，我真的等不了。我怕五年后我的等待还是一场空，不如用两年的时间就结束一切。"用未知来保证明天，肯定没有百分之百的成功。考验，真的不能等待太久，也不能期待太多，更不能让生活的不可能都变成可能。

在心灵永存
玫瑰的沉香

　　一本书已经结束，青春的故事仍然继续。掩卷沉思，如果有些故事让你念念不忘，如果有些人物让你心怀感伤，如果有些哲理让你感到明朗，如果有些情感让你觉得应该遗忘，我们就会欣慰地微笑并且说，关于青春，其实我们也不会懂得太多，只是想以一种轻松的口吻和商量的态度告诉你一个个故事和故事中的哲理与温情。青春就如一枝箭，飞速向前，漂亮而且一闪即逝。如果不抓住青春的短暂和光亮，做出自己人生的成绩与规划来，等到青春已逝红颜渐老，无法追悔的总是快乐而又流逝得最为匆匆的时光。

　　一本书只能陪你一段时间，可是哲理与哲思却能常伴你一生。看完一本书，结束一个故事是很容易的，不容易的是如何有意义地过完自己的青春，让青春真正成为一生之中的闪光点永远值得回味与追忆。青春是要在追求早恋过早地品尝青苹果的酸涩中度过？还是要在忙碌得顾不上喘气做一个书呆子中度过？显然两种极端都不可取。青春对异性的追求是无可非议的，但是青春绝不是为了追求异性与爱情才显得美好与冲动。青春是一场来时迅猛去时无声的春雨，宝贵而且滋润心田。青春就是我们一生之中最为珍贵的畅想时光，我们畅想爱情畅想未来畅想成功畅想所有的一切。青春有着用不完的激情可以产生无数的梦想，创造无尽的奇迹颠覆众多的不可能。

相比男生，女生总是更容易受到伤害，更容易被情感或者流行击伤。女生是一朵娇艳的花，花枝易折，香浓易谢。所以女生一定要懂得珍惜自己的娇艳与芳香，保护自己的身体与情感，爱护自己的现在与将来，让自己的青春之花安全地开放，快乐地成长，一直安全地成熟并且结出香甜的果实。珍藏会变成甜美的甘泉，闻之就会令人心醉神往。

假如一本书能给你带来快乐与安稳的睡眠，我们会微笑地看着你将书轻轻地放在枕边。你的微笑如花，你的双眼明亮如灯，我们在感受到你的快乐的同时也会收到同样的快乐与感动。

谢谢！愿你的青春每一天都是阳光灿烂，每一刻都有欢笑相伴！在你至纯至美的心灵，永远留存玫瑰的沉香。

图书在版编目（CIP）数据

开满玫瑰的天空：女生情感哲理枕边书/崔浩著.

长沙：湖南文艺出版社，2005.5

ISBN 7-5404-3482-1

Ⅰ.开... Ⅱ.崔... Ⅲ.女性-人生哲学-通俗读物 Ⅳ.B821-49

中国版本图书馆 CIP 数据核字（2005）第 022581 号

作　　者／崔　浩

策　　划／陈新文

书装设计／进　子　吴学军　李贺　郭燕

正文制版／ 智限设计工坊

责任编辑／陈新文

插　　画／进　子

开满玫瑰的天空
——女生情感哲理枕边书

湖南文艺出版社出版、发行

（长沙市雨花区东二环一段 508 号　邮编：410014）

发行部电话：0731-5983020

邮购部电话：0731-5983015

湖南省新华书店经销

长沙裕锦印务实业有限公司印刷

2005 年 5 月第 1 版第 1 次印刷

开本　／　880×1230 毫米　　1/32

印张　／　6.25

印数　／　1-8，000

书号　／　ISBN 7-5404-3482-1/Ⅰ·2160

定价　／　14.80 元

若有质量问题，请直接与本社出版科联系